KEITAI
SHOUSETSU
BUNKO

SINCE 2009

リアルゲーム
~恐怖は終わらない~

西羽咲花月

野いちご
Starts Publishing Corporation

表示されるはずのないゲーム画面。
死ぬまで強制的に繰り返されるゲーム。

ただ、ゲームが好きだった。
ネット上のゲームに興味があるだけだった。
それなのに……！

……あたしが死ねば……ゲームは終わるの？
最終ゲームで現れた、思いがけない人物。
そして、衝撃的な結末。
果たしてゲームの正体とは!?

1章

新作ゲーム	8
スマホが欲しい！	12
リアルゲーム	16
登録	20
プレイ	27
制裁	33
ニュース	42
二度目の火災	49
英雄	55
遊園地	59
レベル2	65
大迷路	69
台風	75
ケンカ	80

2章

友情	88
ふたりプレイ	93
レベル3	98
狙われているのは……	103
負傷レベル	111
レベル4	116
院内感染	122
葬儀	129

3章

理解者	136
ブログ	140
レベル5	146
悪魔退治	153
恐怖のリトライ	159
休学	167

レベル6	173
思わぬ襲撃	187
旅行	196

4 章
イトコ	202
レベル7	210
大爆発	219
破壊	225
逃れられない恐怖	229
レベル8	233
電話	241
久しぶりの学校	246
レベル9	249
病院のベッドで【怜央 side】	255
目覚め	257
レベル10	260

5 章
ゲームオーバー【怜央 side】	272
芹香の葬儀【怜央 side】	278
卒業アルバム【怜央 side】	285
リアルゲーム感染【怜央 side】	290

6 章
レベル1【怜央 side】	296
作りたかったもの【怜央 side】	301
レベル2【怜央 side】	306
推理【怜央 side】	310
山路結登の部屋【怜央 side】	313
真犯人【怜央 side】	317
破壊【怜央 side】	322
感染【怜央 side】	325

1章

新作ゲーム

6月中旬。

梅雨時期だというのに例年より雨量は少なく、外では子どもたちのはしゃぐ声が聞こえる日曜日の昼すぎ。

あたし……東谷芹香は、恋人である守屋怜央と一緒に自室でゲームを楽しんでいた。

あたしたちふたりは、明地高校の2年生で16歳。

そろそろ進路なんかを考えなきゃいけない時期。

だけど、あたしも怜央も卒業後は付属大学への進学を考えているから、他の大学を受験する生徒よりものんびりと毎日を過ごしていた。

「うわ！ お前、ちょっとは手加減しろよ」

テレビ画面を見ながら、怜央が声を上げる。

「頑張ってよ、怜央」

今、あたしたちがプレイしているのは、先日発売されたばかりの格闘ゲーム。

画面上、向かって右側のチャイナドレスを着た女の子のキャラクターがあたし。

左側の筋肉ムキムキな、お相撲さんのキャラクターが怜央だ。

今のところ、あたしが優勢。

怜央は本気になっていて、画面にかぶりつくんじゃないかというほど前のめりになっている。

「ちょっと、怜央の頭しか見えないんだけど」
　毛先だけ少しクセッ毛な怜央の髪が、あたしの目の前で揺れる。
「あ、わりぃ」
　あたしの言葉に、慌てて体を引く怜央。
　でも、本当はそのままでも大丈夫だった。
　画面が半分以上隠れていたって、ゲームの音を聞けばなんとなく場面は理解できるから。
「ま、もうあたしの勝ちだけどね？」
　そう言いながら、あたしは必殺技を繰り出して、お相撲さんをノックアウトする。
「あぁぁ〜、また、俺の負けかよ!!」
　怜央はそう言い放つと、コントローラを投げ出してゴロンと横になった。
「あたしに勝とうだなんて、100年早いんだから」
　あたしは自信満々に言う。
「さすがゲーム好きな芹香だな。いったい1日何時間遊んでるんだよ」
「2時間くらいしかしてないよ？」
「それだけやってりゃ十分だろ」
　そう呆れ顔で言った怜央は、ポケットからスマートフォンを取り出した。
　怜央は先月まで携帯電話を使っていたけれど、今月のお小遣いでスマホに機種変更をしていた。
　最初は『使いづらい』となげいていたけれど、最近では

すっかり慣れたみたいだ。
「ねぇ、それ楽しい？」
　あたしはさっきまでしていた格闘ゲームのことなんてすぐに忘れ、怜央に尋ねる。
　人のやっているゲームが気になってしまうのが、あたしの悪い癖だ。
「ちょっと見せてよ」
　悪いとわかっていながらも、あたしは怜央の隣に寝転んで、スマホの画面を覗き込む。
「楽しいよ」
　怜央はダウンロードしたパズルゲームをしていて、画面上ではかわいいキャラクターたちが３つ繋がってパチンパチンと弾けている。
「かわいいね〜。あたしもパズルゲーム好きなんだぁ」
　遠まわしに『プレイさせてほしい』と匂わせながら言うと、怜央はチラリとあたしのほうを見た。
「芹香にはやらせねぇよ？」
　予想外の返事にあたしは目を丸くする。
「なんでよぉ⁉」
　怜央は、すんなり遊ばせてくれると思っていたのに！
「だってお前、すぐに俺の得点抜きそうじゃん」
「怜央のスマホを使ってプレイすれば怜央の得点になるんだから、いいじゃん」
　同じゲームをプレイしている友達同士とオンラインで繋がっていて、得点のランキングが表示されるようになって

いるらしい。
　あたしがプレイすれば、簡単に 1 位が取れそうだ。
　だけど、怜央はゆっくりと寝返りを打ってうしろを向いてしまった。
「そういう問題じゃねぇんだよ。自分でやらなきゃ面白くないだろ」
「もぉ～怜央のケチ……」
　あたしはプッと頬{ほほ}を膨らませ、怜央と同じゲームができない自分の古い携帯電話を睨{にら}んだのだった。

スマホが欲しい！

　結局、怜央はあたしにゲームをさせてくれなかった。
　悔しいから、スマホに替えた時に自分も同じゲームをダウンロードして、すぐに怜央の得点を抜いてやろうと考える。
　どんなゲームだって、あたしは怜央よりうまいもん。
　画面が大きくても小さくても、コントローラがタップに変わっても、勝てる自信がある。
　あたしは怜央を玄関まで見送って、それからすぐにリビングのドアを開けた。
　カレンダーどおりにお休みのあるお父さんが、ソファに座って早めの晩酌をしている。
　これはちょうどいいタイミングかも！
　お酒を飲んでいる時のお父さんはいつもご機嫌で、ひとり娘のあたしに甘くなる。
「ねぇ、お父さん！」
　あたしはお父さんの隣に座り、空になったグラスにビールを注ぐ。
「どうしたんだ、芹香。怜央君は帰ったのか？」
　お酒でほんのりと頬を赤くしたお父さんが、尋ねてくる。
「怜央は帰ったよ。あのね、お父さん。あたしスマートフォンが欲しい‼」
　あたしは、そんなお父さんに単刀直入に訴える。
　お父さんは、目をパチクリしてあたしを見た。

「スマートフォンかぁ……」
「だってスマホじゃないとできないゲームとか、たくさんあるの。それに、友達も怜央も、みんなもうスマホに替えているし……」
　そこまで言った時、キッチンからお母さんがおつまみを持ってきたので、あたしは言葉を切った。
　すると、お母さんはほほえんだまま、「スマホは高校を卒業してからって、約束でしょ？」と、言ってきた。
　やっぱり、聞こえていたか……。
　あたしは、プッと頬を膨らませてお母さんを見つめる。
　そう、我が家には、大学が決まるまで携帯電話を替えないという約束があった。
　この携帯電話を買う時に両親と決めて、あたしも納得していたことだ。
「でも、やっぱり使いやすいほうがいいんだもん……」
「ダメなものはダメ。壊れたわけでもないのに」
「そうだけど……」
　そう言いながら、あたしは古くなってところどころ色のハゲてきた携帯電話を見つめる。
　愛着はあるけれど、遊べるゲームも見られるサイトも限られている。
　買ってもらった当初はこれでも十分満足していたけれど、今では不満のほうが大きくなっていた。
「来年、大学に受かったら買ってあげるから。ね？」
「……はぁい……」

結局、あたしはそれ以上、何も言えなかったのだった。

それから、夕飯を食べ終えたあたしは自室に戻ってコンピューター相手に格闘ゲームをしていた。

コンピューターのレベルを最大に上げても、1敗もせずに勝ち進んでいく。

昔からゲームが好きで、いろいろなゲームをプレイしているうちにいつの間にか負け知らずになっていた。

まわりの友達で、あたしに勝てる子はまずいないほどだ。

「あぁ〜もう、つまんない」

あたしはそう呟き、ラスボスに必殺技をお見舞いした。

ラスボスはあっけなく倒れて、エンディングデモが流れはじめる。

この格闘ゲームのソフトを買ってまだ3日だけれど、簡単すぎて飽きてしまった。

あたしはテレビとゲーム機の電源を落とし、携帯電話に目をやる。

簡単なゲームならいくつか入っているけれど、本格的に遊べるゲームはひとつもない。

思わずため息が漏れる。

スマホ、欲しいな。

でも無理だしね……。

「……お風呂でも入ろ」

あたしはそう呟き、携帯電話をベッドへと放り投げた。

着替えを持ち、電気を消して部屋を出る。

すると、真っ暗になった部屋の中、誰も触れていない携帯電話の画面に明かりがついた。
　画面に【接続中】の文字が表示されていることに、この時のあたしは気づいていなかったのだ……。

リアルゲーム

　お風呂から出ると、あたしはキッチンに向かい、牛乳を一気飲みした。
　温まった体に、冷たい牛乳が心地よく入っていく。
　キッチンでは、お母さんが明日のお弁当の下ごしらえをしていて、リビングからは、お父さんのいびきが聞こえてきている。
　酔っぱらって、そのままソファで寝てしまったようだ。
「じゃぁ、あたしも寝るね」
「髪、ちゃんと乾かして寝なさいよ」
「わかってる。じゃぁ、おやすみ。お母さん」
　そう言って、あたしは階段を上っていった。

　部屋に入ってすぐ、あたしは暗闇の中で携帯電話の明かりがついていることに気がついた。
　着信でもあったのかな？
　そう思い、電気もつけずに携帯電話を手に取ってみる。
　画面には【リアルゲーム】と書かれたサイトが表示されていて、あたしは「え？」と、首をかしげる。
　こんなサイトに接続した覚えはないし、サイト名も聞き覚えがなかった。
「何これ」
　ベッドへ投げた時に、どこかにボタンが当たって誤作動

したんだろうか？
　とにかくヘンなサイトだったら困るので、あたしはすぐにその画面を消そうとボタンを押す。
　次の瞬間、携帯電話の画面が暗くなり部屋の中から光が消えた。
「ちょっと、どういうこと!?」
　慌てて部屋の電気をつけて、携帯電話を確認する。
　だけど、画面は真っ暗な状態でピクリとも動かない。
「嘘、もしかして壊れた？」
　電源ボタンを押しても、一度バッテリーを外しても、携帯電話は動かない。
　あたしは大きなため息とともに「最悪」と、呟いた。
　これじゃぁ、友達とも怜央とも連絡が取れない。
　毎日、怜央に"おはよう"と"おやすみ"のメールをするのが日課なのに……。
　いつも持ち歩いていたものが壊れたことで、あたしは一瞬にして大きなストレスを感じていた。
　でも、携帯電話が壊れたとなれば、お母さんもスマホへの買い替えを考えてくれるんじゃないかな？
　そんな期待が、少しだけ胸をよぎる。
「もしそうなったら、いいんだけどなぁ……」
　スマホならやったことのないゲームがたくさんできるし、怜央とも競い合える。
　そう考えてから、あたしはふとさっき携帯電話に表示されていた【リアルゲーム】というサイトを思い出していた。

「リアルゲームって、なんだろう……」

【ゲーム】という3文字が気になって仕方がない。

偶然、繋がってしまったゲームサイトだけれど、面白いゲームかもしれない。

そう思ったあたしは、使えなくなった携帯電話を通学カバンに入れて、机の上に置きっぱなしにしている古いノートパソコンを立ち上げた。

このパソコンは古すぎて快適にゲームができないから、調べものをするくらいしか使っていない。

すぐにネットに繋げて【リアルゲーム】で検索をかける。

すると、さほど待つこともなく何件かがヒットした。

そして、一番上に出てきたページをクリックすると、携帯画面に表示されていたのとまったく同じサイトが出てくる。

「ここに接続されてたんだ……」

あたしはボソッと呟きながら、画面を見つめる。

どこにでもある無料ゲームを配信しているサイトと、同じようなものに見える。

「これなら大丈夫そう」

そう呟きトップ画面をスクロールさせていくと、ゲームの種類もかなり豊富で、あたしの好きな格闘ゲームも扱っていることがわかった。

だけど……。

さらに下へと画面をスクロールした時、あたしは目をパチクリさせた。

そこには、【携帯電話でのサイトのご利用は、〇年6月

10日で終了させていただきました】と、赤い文字で書かれていたのだ。

　日付は去年の６月。

　あたしはその日付に目を疑った。

　つまり、１年前からこのサイトは携帯電話で使えなくなっているということで……。

「どういうこと？」

　あたしは、ただ首をかしげるばかりだった。

　まさか、同じように見えて違うサイトに入っちゃったのかな？

　もう一度画面を一番上まで戻して確認してみるけれど、やっぱりさっき携帯電話で見た画面と同じ。

　再び首をかしげた時、ある可能性が頭をもたげてきた。

「もしかして、似た携帯サイトを誰かが作ったのかな？」

　類似サイトなんて、いくらでも存在している。

　きっと、真似て作られたサイトのほうに勝手に接続されてしまったんだろう。

「ま、いっか。明日にはスマホに替わっているだろうし、あの携帯電話はもう使わないんだしね」

　あたしは深く考えることなく、パソコンの電源を落としたのだった。

登録

　翌日も雨は降らず、相変わらず水不足続きの初夏だった。
　あたしは目覚まし時計の音で目を覚まし、それを止めてからベッドに寝転んだまま伸びをした。
　普段からゲームのしすぎのせいで凝っているのか、体がバキバキと鳴る。
　高校２年生の体とは思えなくて、思わず自分でも苦笑い。
　そして、ベッド脇に置いてあるミニテーブルに手を伸ばし、「あ……」と呟く。
　いつもテーブルの上に携帯電話を置いて充電しておくから、つい手を伸ばしてしまったけど、昨日の出来事を思い出した。
　妙なサイトに接続されて動かなくなった携帯電話は、充電もせずにカバンへ入れてしまったのだった。
　怜央に"おやすみ"メールをしないまま……。
「"おはよう"メールもできないんだった」
　そう呟き、のそのそと起き上がってあくびをかみ殺しながらカバンを開ける。
　中を覗くと、無造作に投げ込まれた携帯電話が見えた。
「携帯が使えないとか不便すぎぃ」
　あたしは思わず声を漏らした。
　昨日のうちに消えていた憂鬱が再び襲ってくる。
　学校に行けばみんなと会えるけど、普段から携帯電話を

肌身離さず持っているあたしにとっては、お箸１本でご飯を食べるようなものだった。
　ため息をつきながら、ただのガラクタと化した携帯電話を手に取る。
　そして、何気なく画面を見てみると……。
「あれ？　動いてる……？」
　あたしは瞬きを繰り返した。
　電源が復活していて、画面には【登録】と書かれたページが表示されていたのだ。
　いつの間にこんな画面が表示されたのだろう？
　あたしは首をかしげて、戻るボタンを押してみた。
　ところが、戻るボタンを押したり電源ボタンを押しても反応はなし。
　登録画面のままだった。
「この登録画面って、昨日の【リアルゲーム】の登録画面だよね……？」
　ひとり言を呟きながら下へスクロールしていくと、昨日見た【リアルゲーム】のロゴが出てきた。
「大丈夫なのかな、このサイト」
　類似サイトの中には悪質なものもあって、登録情報が流出する危険性もある。
　あたしは不信感を抱きながら登録画面をジッと見る。
　すると、登録内容にＩＤやパスワード、個人情報を入れる項目がひとつもないことに気がついた。
　普通、サイトに登録する時にはニックネームや誕生日、

出身地、メールアドレスなどの入力項目があったりする。

けれど、このサイトにはそういった個人情報を入力する場所がないのだ。

画面上に出ているのは【大切なものランキング】と書かれていて、1位から5位まで自分の大切なものを入力する項目があるだけ。

自己紹介のページなんかでよく見られるものだ。

「こんなの入力するだけで登録できるの？」

あたしはパジャマ姿のままベッドの上に座り込み、眉間にシワを寄せる。

たったこれだけでゲームができるなんて、思ってもいなかった。

個人情報を入力しなくても登録ができるなら、個人情報流出の危険はない。

これだけなら入力してみてもいいかな、と甘い考えが頭をよぎる。

結局……。

「何、何？【大切なものは生きている人、動物に限ります】？　何それ、ヘンなの」

呟きながらもあたしは第5位に、飼っている犬のココアの名前を入力した。

第4位には小学校からの親友、鈴木和花の名前。

第3位には恋人、怜央の名前。

第2位には両親、と入力。

そして、第1位は……。

誰の名前を書けばいいんだろう？

　そう思って指を止める。

　親友、恋人や両親の名前は入力してしまったから、残るは自分くらいしかないような気がする。

　入力の順番を変えてみようか？

　そう思った時だった。

　あたしはあることに気がついた。

「は？　1位だけ入力できないじゃん」

　1位を入力する部分にカーソルを合わせても、文字が打てない。

　やっぱり、このサイトはおかしいんだ。

　そう思って入力をやめようとした時、画面が次のページへと進んだ。

　え？

　あたし今、何もいじってないよ？

　戸惑っていると、入力確認画面が表示される。

　そこには、今あたしが打ち込んだ、2位までの大切なもの。

　そして、入力できなかった1位には【自分】という文字が表示されていたのだ。

「じ……ぶん？」

　その瞬間、背筋がゾクリと寒くなる。

　画面上から、見えない恐怖が湧き上がってきているように感じた。

　そりゃぁ、自分は一番大切かもしれない。

　あたしだって、さっきそう思っていたところだった。

だけど、このページを見た途端、嫌な予感が胸の中で渦巻きはじめていた。

ゾクゾクと寒気が背中を駆け上がってきて、あたしは「やっぱりやめる！」と、画面を戻そうとする。

だけど、画面は動かない。

「もう……なんなのよ！」

イライラして何度も戻るボタンを連打していると、フッと画面が真っ暗になった。

え？

消えた……？

よかったぁ……。

ところが、安堵したのもつかの間、真っ黒な画面に真っ赤な血のようなものが点々と現れ、その真ん中に赤文字が浮かび上がってきたのだ。

【登録完了】と……。

その文字は静かに現れ、続いて【注意事項】という文字が同じように浮かび上がる。

血が流れているようなその文字に、あたしは思わず顔を背けたくなる。

たくさんのゲームをしてきたけれど、怖いゲームやグロテスクなゲームは避けてきた。

この文字だけで恐怖を感じてしまうほど、あたしは怖いものが苦手だった。

このまま何も読まずに、携帯電話をカバンにしまってしまおうか。

そんな考えがよぎる。
　でも、この【注意事項】をちゃんと読めば、サイトについて何かわかるかもしれなかった。
　見ているのも嫌な状態だったけれど、さっきみたいに画面がこのまま先に進んでいってしまう可能性だってある。
　それなら、しっかり目を通しておいたほうがいい。
　あたしには、その血のような文字を目で追っていくしかなかったのだ。
【ゲームをクリアできなかった場合、プレイしなかった場合、大切なものがひとつずつ失われていきます】
【大切なものが残っている限り、ゲームを強制的にリトライしていただきます】
【大切なものがすべて失われた場合、ゲームオーバーとなります】
【他の大切なものが残っているのに一番大切なものが失われた場合も、ゲームオーバーとなります】
　ひとつずつ出てくる【注意事項】を目で追っていく。
　書かれていることがメチャクチャだ。
　大切なものが失われるって、どういう意味だろう？
　項目に入力したのは動物や人の名前だ。
　それらが失われるというのは、あたしの前からいなくなるという認識でいいのだろうか？
　たとえば、格闘ゲームではプレイできる回数が決められていて、それを消費してしまうとゲームオーバーとなる。
　【リアルゲーム】では、その回数が【大切な人】という

設定になっているのかもしれない。

 それでも最後の説明では、他の大切なものが残っていても一番大切なものが失われるとゲームオーバーだと書いてある。

 それはつまり、プレイできる回数を残したままゲームオーバーになるパターンがあるということだ。

 それに、大切なものが残っている限り強制的にリトライって、途中じゃやめられないってことじゃん。

 しかも、プレイしなかった場合、大切なものが失われるって……。

 そんなゲーム、今まで見たことがない。

 【注意事項】を読んでも【リアルゲーム】がなんなのか、あたしにはまったくわからなかった。

 ただ、血が流れているような文字のおかげで、これは怖いゲームなのだということだけは理解できていた。

 どんな内容かまだわからないけれど、クリアできる自信なんてなかった。

 こんなの、登録するんじゃなかった。

 カリッと親指の爪を噛んだ時、携帯画面は再び暗転。
「もう……」
 お母さんに説明して、早く携帯電話を替えてもらおう。
 そう思ったのだった。

プレイ

　携帯電話に時間を取られてしまったあたしは、遅刻寸前で学校についた。
　息を切らしながら教室へ入ると、席に座っていた和花がうしろを振り向いて「セーフ」と言った。
　あたしはその言葉に苦笑いを返す。
　あたしは「ふぅ」と大きく息を吐き出し、和花のうしろの席に座る。
　それとほぼ同時に、担任の若い男の先生が入ってきた。
「芹香がこんなギリギリに来るなんて、珍しいじゃん」
　ホームルームの話をろくに聞かず、前を向いたままの和花がそっと話しかけてくる。
「携帯の調子が悪くってさぁ」
　あたしは和花の背中に向かってそう答えた。
　自分の膝(ひざ)の上でこっそり携帯電話を開くと、まだ画面は真っ暗なままだった。
　当然、電源も入らない。
「そうなんだ？」
「うん、電源が入らなくて……」
「じゃぁ、しばらく芹香にメールできないね」
「そうなの。ごめんね」
「大丈夫だよ、何かあったら家に連絡するし」
「うん、ありがとう」

和花の言葉に、あたしはホッとしてほほえんだ。
　今の時代、家の電話に連絡をするのは、正直勇気がいることだ。
　でも、和花との付き合いは長いから、そんなことに抵抗は感じなかった。
　それに、すぐに携帯電話も替えるしね。
　あたしはそう思い、携帯電話をポケットへそっと戻したのだった。

　放課後。
　和花は彼氏がいるけれど、和服の似合うイケメンな男の先輩が見たいがために茶道部に入部していた。
　和服姿に正座でお茶をたてる先輩は、女子部員たちの目の保養になっているらしい。
　あたしには怜央がいるから、そんな先輩を追って入部することはなかった。
　他にも気になる部活はあったけれど、結局『家に帰ってゲームをする』という選択肢を選んだあたし。
　つまり、帰宅部だ。
　あたしは教室で和花と別れ、ひとりで家に向かう。
　いつもなら、通学路の途中にある本屋やタコ焼き屋のテントに立ち寄っていた。
　けれど、今日はそんなものに目もくれず、家に向かってまっすぐ歩いている。
　だって、すぐにでも携帯電話を新しくしたいんだもん。

このまま携帯電話が使えないのは不便すぎるし、周囲にも迷惑をかけてしまう。
　そう思うと、自然と歩調は速くなる。
　けれど、10分ほど歩いたところでスカートのポケットの中がブルブルと震えて、あたしは立ち止まった。
　何？
　首をかしげながらポケットに手を突っ込むと、ツルリとした触り慣れた携帯電話の感触があった。
「え……？」
　今、これが震えたの？
　怪訝に思いながら携帯電話を取り出すと、画面に明かりがついていた。
「嘘!?」
　道端にも関わらず、あたしは大きな声を出してしまった。
　いつの間に電源が入ったのだろう？
　あれだけいじっても、まったく反応しなかったのに……。
　そう思っていると、画面上に【レベル１】という文字が浮かび上がってきた。
　また、血が流れているような怖い文字だ。
「これ……プレイしろってこと？」
　画面をスクロールさせると、下のほうに【プレイ】というアイコンが出てきた。
　どうしよう。
　どんなゲームなんだろう？
　怖いはずなのに、ゲーム好きとして"やってみたい"と

いう気持ちが先立った。

それに、プレイしないと大切なものが失われてしまう。

だけど、絶対に後悔する。

やめておいたほうがいい。

そんな気持ちもあるのに、指は勝手に【プレイ】のアイコンを押していて……。

すると、画面が一気に暗くなり、【赤ちゃんを救え！】という文字が浮かんできた。

「赤ちゃんを救うゲーム？」

あたしは軽く眉間にシワを寄せて画面を見る。

てっきり、ゾンビや亡霊が出てくるような、とても怖いゲームを予想していたので、少し拍子抜けしてしまった。

同時に、これなら怖いものが苦手なあたしでもプレイできそうだと感じた。

次に場面は２階建ての民家の映像に切り替わり、その民家は２階が炎に包まれていた。

携帯電話から炎のゴォォという効果音と、赤ちゃんの泣き声が聞こえてくる。

その泣き声はやけにリアルで、あたしは思わず周囲を見まわし、本物の赤ちゃんがいるのではないかと探してしまったほどだった。

画面に視線を戻すと、民家の１階を真上から見た映像になっていて、１階のリビングでゆらゆら揺れるゆりかごが映し出されていた。

「これが赤ちゃん……？」

画面上には、それ以外に赤ちゃんらしき絵は描かれていない。

リビングで赤ちゃんが泣いている設定なんだ。

よく見ると、人型をしたキャラクターが玄関に立っている。

きっと、これがプレイヤーになっているんだ。

それだけ理解すると、あたしは携帯電話のキーを操作し、プレイヤーを玄関からリビングへと移動させる。

「えっと、赤ちゃんを助けるには……」

ゆりかごの前まで移動すると、画面の右上に【♯ボタンを押せ】という文字が出てきた。

あたしはそのとおりに♯ボタンを押すと、ゆりかごの揺れが止まった。

これで赤ちゃんを抱き上げたことになるらしい。

あとは、そのまま玄関へと戻っていく。

キャラクターが家の外に出ると、画面はまた暗くなってしまった。

「え？　これだけ？」

あまりにもあっけない終わり方をしたゲームに、あたしは目をパチクリさせる。

たったこれだけで終わりだとは思えなくて、あたしはいろんなキーを押してみる。

だけど、携帯電話はまた使い物にならなくなっていた。

これならあたしがプレイしなくても、きっと誰でもクリアできただろう。

明らかに初心者向けのゲームに、あたしは腹立たしさを

覚えた。
「何よ、もうっ！　散々怖がらせておいて、全然面白くないじゃん」
　ボソッと愚痴った瞬間、あたしの横を3台の消防車が慌ただしく走り抜けていく。
「早く帰ろっと」
　だけど、あたしはとくに気に留めることなくそう呟くと、携帯電話をポケットへしまったのだった。

制裁

 家に帰ると、玄関は開いていたけれど家の中には誰もいなかった。
 キッチンには作りかけのカレーライス。
「お母さん、どこか行ったのかな？」
 ひとり言を呟き、首をかしげる。
 どこかへ出かけたにしても、カギが開けっぱなしなのはおかしい。
 不思議に思いながらもいったん部屋で着替えてから、あたしは再びリビングに行き、ベランダの洗濯物を取り込んでいた。
 カレーを作っている途中で材料がないことに気がつき、買い物に出かけたのかもしれない。
 それとも、何かあったのかな？
 カギをかけずに出かけてしまうくらい、大変なことが。
 そんなことを考え洗濯物を畳む手を止めた時、玄関のドアが開く音がした。
 すると、お母さんが何食わぬ顔でリビングへ入ってきた。
「あら。芹香、帰ってたの？」
「少し前に帰ったの。お母さん、どこに行ってたの？」
 リビングに入ってきたお母さんの手に、買い物袋はなかった。
「近くで火事があったから見てきたのよ」

「火事？」
「そうよ。結構大きな火事でね、消防車が何台も来ていたのよ」
　そう言われて、あたしは帰る途中に自分の横を消防車が走り去っていったことを思い出した。
　うちの近くで火事だったんだ。
　携帯電話に夢中になっていたせいもあるけど、煙の臭いもしなかったから気づかなかった。
　でも、もう大丈夫なんだよね。
　お母さんも帰ってきているし、きっとたいしたことはないんだろう。
　いつものあたしなら、真っ先に火事のことを聞いていたかもしれない。
　だけど、この時のあたしの頭の中は携帯電話のことでいっぱいだったから、とくに話を聞くこともなく、勝手に自己判断していた。
「ねぇ、お母さん。携帯電話が壊れたの」
「えぇ、本当に？　昨日の今日でタイミングがよすぎるわねぇ。新しい機種に替えたいからって嘘をついているんじゃないの？」
　お母さんはあたしのことを疑っている。
　そう言われると思っていたあたしは、真っ暗な画面の携帯電話を見せた。
「ほら見てよ。本当に壊れているでしょう？」
「あら、本当ね。……でも、新しいのは買わないわよ？」

「えぇ〜、携帯電話がないと友達と連絡が取れないのに!」
　でも、お母さんは「ダメなものはダメ。しばらくは我慢しなさい」と言って、取り合ってはくれない。
「そんなぁ……」
　せっかくスマホに替えられると思ったのに……。
　あたしはガックリと肩を落とし、大きなため息をついたのだった。

　翌日、あたしは目覚まし時計が鳴るよりも先に目を覚ましていた。
　寝ぼけ眼のまま時計を手に取り時間を確認する。
　6時30分。
　学校へ行くまでには、まだまだ時間に余裕がある。
　もう少し寝よう。
　そう思い、モゾモゾと顔まで布団をかぶった。
　目を閉じるとすぐに眠気が舞い戻ってきて、体は心地よさに包まれる。
　もう少しで眠れる。
　その時だった。
　低いバイブ音が聞こえた気がして、あたしは一度閉じた目をまた開けた。
　フワリとした眠気が徐々に覚めていき、霧のかかる世界から現実へと切り替わる。
　それと同時に、心地よい眠りを妨げられるような不快感が湧いてくるのがわかった。

眉間にシワを寄せ、ベッドに寝転んだまま部屋の中を見まわす。
　今のバイブ音はなんだろう？
　携帯電話は壊れているし、それ以外にバイブ音のする機械なんてあたしは持っていない。
　気のせい……？
　うん、きっとそうだ。
　そう思って、もう一度目を閉じようとする。
　ところが、妙な胸騒ぎから眠気はすっかり覚めていた。
「はぁ」とため息をつきながら仕方なく上半身を起こし、部屋の中を確認する。
　昨日の夜から、変わったようなところは見られない。
　ふと、テーブルに置いたままの携帯電話に視線が移った。
　まさか……。
　胸騒ぎが加速していくのを感じる。
　また、あのサイトだろうか？
　心臓はドクドクと嫌な音を立て、背中にはかすかに汗をかいていた。
　それでも、確認する必要がある。
　あたしはそっとベッドを抜け出して、恐る恐る携帯電話を手に取った。
　画面は真っ暗で何も見えない。
　それに、ボタンを押しても動かなかった。
　気のせいだよね。
　ホッとして胸を撫で下ろし、またベッドへ戻ろうとする。

ところが次の瞬間、手に持っていた携帯電話が震えたのだ。
「きゃっ!!」
　突然のことに小さく悲鳴を上げ、思わず携帯電話を床に落としてしまう。
　床に落ちた携帯電話を、しばらく呆然（ぼうぜん）として見つめるあたし。
　ゴクリと唾（つば）を飲み込み、慌てて携帯電話を拾い上げて画面を確認してみると……。
【制裁】
　の、文字。
「制……裁……？」
　どういうこと？
　疑問と不安で、胸の中が真っ暗で重いモヤに包まれている気分だ。
　ふいに、昨日のゲームが脳裏をよぎる。
　でも、あれは関係ないはず。
　ちゃんとクリアしたんだから。
　だけど、この【制裁】とはいったいどういう意味なんだろう？
　あたしの疑問に答えてくれる人は誰もおらず、あたしは部屋の中で携帯電話を握りしめたまま立ち尽くしていた。
　次の瞬間、1階から「キャンッ！」とココアの痛がるような鳴き声が聞こえてきた。
　あたしはハッとして、携帯電話を手にしたまま弾かれるように1階へと走り出していた。

ココアのゲージが置いてあるリビングへと入る。
「ココア!?」
　でも、ゲージの扉が開いていてココアの姿がない。
　あたしは一瞬息をのむ。
　何があったのか、まったく理解できなかった。
　その時だった。
　あたしの鼻に、鉄のような血の臭いがかすかに漂ってきたのだ。
　まさか……。
　まさかこの血の臭いって……。
　最悪の考えが頭の中をかけめぐる。
　ゲーム。
　ココア。
　制裁……。
　今のあたしの考えが当たっていたらどうしよう？
　血の気が一気に引いていく。
　フラフラと倒れそうになる体をなんとか鞭打ち、その臭いをたどる。
　臭いは、キッチンにある勝手口の外からしているようだった。
「……ココア？」
　勝手口は使うことがほとんどないからいつも閉まっているはずなのに、なぜかカギが開いている。
　お母さんが開けたの？
　でも、まだお母さんもお父さんも寝室にいるはず。

「なんで開いているの……？」
　あたしはドアの前に立ち、呟く。
　この家に誰かが侵入している。
　そして、ココアをゲージから連れ出したのだ。
　そう思うと、恐怖が体の芯から這い上がってきた。
　だけど、ここで立ち尽くしているわけにはいかない。
　あたしは、震えを抑えながらノブに手を伸ばした。
　そっとドアを開け、ゆっくりと足元へ視線をうつす。
「いやぁぁ‼」
　思わず悲鳴を上げ、その場に尻もちをついて両手を口に当てる。
　勝手口を出てすぐのコンクリートの上に、ココアはいた。
　ただ、姿を変貌させていた。
　ココアの体は、背中をそるようにして半分に折れ曲がっていたのだ。
　腹部は鋭利な刃物で切られたように大きく裂け、血が周辺に飛び散っている。
　傷口からはピンク色に染まった内臓が飛び出し、腸が飾りのようにぶら下がっている。
　そして、かわいかったココアの顔は白眼をむき、舌をダラリと垂らした状態で制止していた。
　目の前の信じられない光景に、あたしの体は小刻みに震えはじめる。
　同時に、吐き気が込み上げてきた。
　あたしは立ち上がることさえできず、その場に嘔吐して

しまう。
　目には涙が滲み、恐怖と悲しみで体に力が入らない。
　目をそらしたいのに、あたしの目は、ココアの死体に釘づけになっていた。
　その時、あたしの悲鳴を聞きつけた両親が何事かと起きてきた。
「どうしたの？」
　座り込んでいるあたしに、お母さんが声をかけてくる。
　あたしは無言のままココアを指差した。
「なんてこと……っ！」
　お母さんは息をのんだ。
　あとから来たお父さんは、無言で顔をしかめる。
「芹香、大丈夫か？」
　お父さんにそう聞かれ、あたしは右手で口をふさいだまま何度か頷いた。
「芹香は、こっちへ来なさい」
　あたしはお母さんに引きずられるようにして、リビングのソファへと寝かされた。
　「いったい何があったんだ」と騒ぐ両親の声を聞きながら、あたしは震える自分の体を抱きしめていた。
　すると……。
　お母さんが拾ってソファ前のテーブルの上に置いてくれたあたしの携帯電話が震え、画面が光った。
　震える手で携帯電話を開いたあたしは、画面に釘づけになる。

【制裁完了】
　血のような赤い文字に、再び吐き気が込み上げてくる。
【強制リトライ】
　その文字は、どこか笑っているように見えた……。

ニュース

　それから数時間後。
　結局、ココアの死体はお父さんとお母さんが黒いナイロンの袋に入れて、裏山へと埋めることになった。
　あたしはその作業中ずっとリビングのソファに座り、放心状態で、ニュース番組を眺めていた。
　びっくりするくらい、ニュースの内容がまったく頭に入ってこない。
　ふいに、あたしはゲームの【注意事項】のひとつを思い出した。
【ゲームをクリアできなかった場合、プレイしなかった場合、大切なものがひとつずつ失われていきます】
　あたしは、第5位にココアの名前を入力した。
　あの注意事項は、このことだったのかな……。
　何度目を閉じてみても、ココアの死に顔が浮かんでくる。
　腹を裂かれ、白眼をむいたココアの顔。
　あたしはギュッと自分の両手を握りしめた。
　いったい誰が、あんなことをしたのだろう。
　誰かがこの家に入り込み、ココアを殺したと考えるのが普通だった。
　でも……。
　あんなむごい殺し方、人間ができるとは思えない。
　きっと、あたしのせいだ……。

ココアが死んだのは、あたしのせい。
　でも、わからないことがひとつあった。
　昨日、ゲームはプレイしたし、ちゃんと赤ちゃんを助けて、ゲームのレベル１はクリアした。
　それなのに、どうしてココアは死んでしまったのだろう？
　もちろん、これはゲームと現実がリンクしていると想定した場合の疑問。
　そんなことあるわけがない、と思いたいけど、ココアが突然死んだ理由を、他には考えられなかった。
「リアルゲーム」
　あたしは、ゲームのタイトルを声に出して言ってみた。
　リアルなゲーム。
　"リアリティのあるゲーム"という意味じゃないんだ。
　現実世界でプレイしなければいけないゲーム……。
　本当は、そんな意味があるんじゃないだろうか？
　でも、そんなゲーム、作ることができるの？
　それに、もし作れたとしたら、いったい誰がなんの目的で作ったの？
　考えれば考えるほど現実離れしていて、頭の中が混乱してくる。
　頭をかかえ込もうとした時だった。
　ふと耳に入ってきた火災のニュースに、あたしは釘づけになった。
　昨日、近所で起きた民家火災のことを、全国ニュースでやっていたのだ。

グレーのスーツを来た男性キャスターが、険しい表情で原稿を読み上げている。
「昨日の午後４時ごろ。〇〇区の民家で火災が発生し、１階のリビングで生後７カ月の赤ちゃんの遺体が発見されました。赤ちゃんはゆりかごに入ったままの状態で、消防隊員に助け出された時にはすでに心肺停止しており……」
「え……？」
　ニュースを聞いた途端、ゾクゾクと背中に寒気が走る。
　１階、リビング、赤ちゃん、ゆりかご……。
　すべてがゲームと一致していた。
　顔が、どんどん青ざめていくのが自分でもわかる。
　グラリと視界が揺れ出すと同時に呼吸が乱れ、思わずソファの上に横になった。
　まさか、そんな‼
　あのゲームは、画面上でクリアするだけではクリアにはならないの？
　ゲームで起こったことが現実にも起きていて、それもクリアしなければクリアしたことにはならず、大切なものをひとつずつ失ってしまうってこと⁉
　一番考えたくなかったことが、現実のこととして突きつけられる。
　あたしが……。
　あたしが昨日、帰っている途中にそのことに気がついていれば……。
　赤ちゃんもココアも助かっていた……？

そんなの信じられない。
　だけど、もし本当にそうだったとしたら？
　あたしは自分の頭を両手でかかえ込み、悲鳴を上げそうになるのを必死で我慢した。
　さっき画面で見た、
【強制リトライ】
　の文字が、脳裏に張りついて離れなかった……。

　その日、両親はあたしに「学校は休みなさい」と言ってくれたけれど、あたしはいつもどおり学校へ向かった。
　本当は言葉に甘えて休んでしまいたかったけれど、ゲームのことを怜央に相談したかった。
「ねぇ、怜央」
　通学途中、偶然怜央のうしろ姿を見つけたあたしは、すぐさま声をかけた。
「なんだ、芹香か。いきなり名前を呼ばれたからビックリしたじゃないか」
　怜央が驚いた顔をして振り返る。
「ごめん。ねぇ、ちょっと話があるの」
　口先だけで謝罪をして、あたしはすぐに話を切り出した。
「話？　なんだよ、改まって」
　真剣な表情をしているあたしに、怜央はキョトンとした表情を浮かべる。
「ゲームのことなんだけど……」
「ゲーム？　ゲームならお前のほうが詳しいだろ？」

「違うの怜央。ちゃんと聞いて!」
　『ゲーム』と聞いて、すぐに興味を失ってしまった怜央の腕を掴む。
「見て、これ」
　そう言って、あたしは怜央に携帯電話を手渡した。
「お前の携帯、壊れているんだろ?」
「そうなの」
　怜央が携帯電話のボタンをいじってみても、画面は真っ暗なまま。
「で、どうかしたのか?」
「これに【リアルゲーム】っていうヘンなゲームが入っちゃって……それが、現実とリンクされているみたいなの」
「は……?　何を言ってんだよ、芹香」
　怜央は眉間にシワを寄せながら、あたしの額に自分の手を当てた。
　あたしがあまりに突飛な話をはじめたので、熱がないか確認しているみたいだ。
　あたしの話が信じられないのは当然だ。
　あたしだって、自分の身に起こっていることが信じられないままでいる。
「本当なの!　このせいで、今朝ココアが死んだの!!」
　あたしは怜央の手を払いのけ、叫ぶように言った。
　あたしがどれだけ本気で言っているのか、怜央に理解してほしかった。
　あたしの口から出てきた言葉に、怜央が目を見開く。

「ココアが死んだ？」
　あたしは、まず自分を落ちつかせるために深呼吸をした。
　順序立てて、ゆっくり話を進めなきゃいけない。
「あのね、怜央。驚かずに聞いてね……」
　そして、【リアルゲーム】のこと。
　今朝ココアが死んだこと。
　ゲームとまったく同じことが起きたことを説明した。
　話し終えると怜央は表情を歪め、「本当なのか？」と聞いてきた。
　あたしは、「うん」と小さく返事をする。
「ねぇ、あたしどうしたらいい？　とんでもないゲームに手を出しちゃったよ……」
　あたしは怜央の腕をギュッと握りしめる。
　何かにすがっていないと、恐怖と不安で押し潰されてしまいそうだった。
「落ちつけ芹香。ただのゲームだ。ココアが死んだのも火事も、ゲームとは関係ない。たんなる偶然だって」
　怜央は、あっさりそう言いきった。
「……怜央」
「ゲームは携帯電話でやっているだけなんだろう？　現実と繋がっているなんてありえない。しかも、芹香のせいでココアが死んだなんて、とんでもない発想だ。ココアのことは残念だったと思うけど、勝手口が開いていたなら、不審者が入ってきたに決まっているじゃないか。俺はむしろ、そっちのほうが不安だ。家のカギを替えたほうがいい」

真剣な顔でそう言う怜央。
　あたしは、その意見に正直ホッとしていた。
　誰かに『たんなる偶然だって』と、否定してもらいたかったのかもしれない。
　火事のことだって……そう、たまたまだ。
「そんなゲーム、やめればいい」
「やめられるのかな……」
　でも、【リアルゲーム】を途中でやめることはできない。
　あたしは心の奥底で、すでにそのことを理解していた。
「あぁ。やめられるさ」
　怜央はそう言い、あたしの頭を優しく撫でた。

二度目の火災

　お昼休み。
　今朝、怜央に話したことによって、あたしの気持ちはずいぶんとラクになっていた。
「お昼食べないの？」
　和花が心配そうに尋ねてきたから、あたしは「今朝ココアが亡くなって食欲がない」とだけ伝えて、ジュースを飲んでいた。
　あれから、携帯電話はまったく動かない。
　真っ暗な画面の携帯電話を見ていると、
「携帯電話、そのままなの？」
　と、和花が尋ねてきた。
「うん……。しばらくは、持つのやめようかなって」
　あたしがそう言うと、和花は驚いたようにお弁当を食べる手を止めた。
「芹香が携帯から離れるなんて、信じられない！」
「何それ。あたし、そんなに携帯に依存してた？」
「してたしてた！　とくにゲームに関してはすごかったじゃん！」
　和花の言葉に、あたしは「うっ……」と、言葉に詰まってしまった。
　和花の言うとおりだ。
　ゲームのことを持ち出されると否定できない。

「お母さんもスマホには反対しているから、今はいいの」
　確かに、肌身離さず携帯電話を持っていたけど、【リアルゲーム】に登録してから、携帯電話の存在は恐怖でしかなかった。
「反対されてるならしょうがないよね。でも、ちょっと離れるくらいがちょうどいいかもね」
「……そうだね」
　あたしは頷き、携帯電話をカバンにしまったのだった。

　翌日。
　あたしは目覚まし時計の音で目を覚ました。
　腕を伸ばしてアラームを止める。
　この時間、いつもはお母さんがココアに朝ご飯をあげる時間だ。
　ココアは朝ご飯をもらう時にゲージの中をグルグルと走りまわり、その元気な音は２階のあたしの部屋にまで届いてきていた。
　でも、もう二度とそんな音は聞こえてこない。
　辛い気持ちを押し殺し、モゾモゾとベッドから起き出す。
　相変わらず食欲はなく、着替えてダイニングへ行ってもなかなか箸が進まない。
　ご飯も食べずにボーッと両親の会話を聞いていると、遠くから消防車の音が聞こえてきた。
　あたしは、そのかすかな音に耳を澄ます。
　どこから聞こえてくるんだろう？

ジッと耳をこらしてみても、両親の話し声で音は途切れ途切れにしか聞こえてこない。
　だけど、その音は確実に近づいてきている。
「ちょっと、静かにして！」
　あたしは思わず大きな声を出し、テーブルを叩いて両親の会話をさえぎった。
　あたしの態度に驚いて、黙り込む両親。
　消防車の音ははっきりと聞こえ、どんどん近くなる。
「また、近所で火事か」
　お父さんがそう呟くのと、あたしが勢いよく立ち上がるのはほぼ同時だった。
「ちょっと芹香!?」
　次の瞬間、お母さんの声を背中に聞きながら、あたしは家を飛び出していた。

　火災は予想どおり近所で起こっていた。
　灰色の煙が空を染め、赤い炎が一軒家を包み込んでいる。
　その瞬間、ゲームが脳裏をよぎった。
　あの家の作りは、ゲームで出てきた家とそっくりそのままだ。
　そして、あの家のリビングには赤ちゃんが……。
　そんな考え、あたしの想像の世界でしかなかった。
　怜央の言ったとおり、ゲームが現実になるなんてありえない。
　だけど……。

あたしの足は、火事で燃え盛っているであろう家へと急いでいた。
あたしは野次馬たちをかき分けて、燃える家の目の前に来た。
ゴオゴオと音を立てて燃えさかる炎。
「君、危ないから下がりなさい！」
消防隊員が、あたしを野次馬の列まで戻そうとする。
でも、あたしはその腕からすり抜け、燃えさかる家の中へと勢いよく入っていった。
玄関に入ると、そこにはまだ火はまわっていなかった。
煙にやられてしまわないように、ポケットに入っていたハンカチを取り出し口に当てる。
炎の熱が体を燃やしてしまいそうなほど熱かったけれど、あたしはなんとか廊下を進み、リビングがあるはずの1階のドアを開けた。
その瞬間、空気が動いたせいで炎は強さを増し、ゴォォ！と大きな音を上げはじめた。
隣の部屋から、ガラガラと何かが崩れ落ちる音が聞こえた。
一瞬その場に身を縮め、自分の安全を確保する。
だけど、あたしはすぐに体勢を整えた。
早くしなきゃ！！
ぼんやりしている暇はない。
炎はどんどん大きくなり、家をすべて飲み込もうとしているのだ。
あたしは熱さに顔を歪めながら、ゆりかごを目指した。

炎の音にかき消されながらも、赤ちゃんの泣き声が確かに耳に届いてきていた。
　炎の眩しさに目を細めながらも、あたしはゆりかごを見つけていた。
　あたしは、窓辺のゆりかごへと駆け寄った。
　すると、ゆりかごの中には小さな赤ちゃんがいて、大きな口を開けて泣いている。
　その頬にはたくさんの涙が伝っていて、あたしの胸はズキンと痛んだ。
　たったひとりで火事が起こった家に取り残されて、どれほど怖かっただろうか。
　考えただけでも涙が出てきそうだった。
　あたしはなんとか赤ちゃんを抱き上げる。
　その体重は思ったよりも重たくて、ずっしりとしている。
　これが人間の赤ちゃんの重さなんだ。
「もう大丈夫だからね」
　赤ちゃんに向かってそう言った時、リビングの窓ガラスが、パァン！　と音を上げて砕け散った。
「きゃぁ！」
　思わず悲鳴を上げ、赤ちゃんを抱く腕に力を込める。
　熱と煙から逃げるために体勢を低くし、あたしは廊下へと出た。
　ところが、玄関とは逆側の廊下から炎が追いかけてくる。
　頭上からメリメリと木が裂けるような音が聞こえたかと思ったら、2階の床が焼け落ち、あたしのすぐそばへ落下

してきた。
「きゃぁ!」
　あたしの悲鳴と赤ちゃんの泣き声が、廊下に響く。
　あたしはどうにか玄関までたどりつき、転げるようにして外へ脱出した。
　よろけながらも赤ちゃんを消防隊員へ預けると、ホッとしてその場に膝をつく。
　次の瞬間、一軒家はガラガラと大きな音を立てて崩れはじめた。
　瓦(かわら)が散乱し、砂ぼこりを上げる。
　屋根が崩れ落ち、完全にふさがれた出入り口を呆然と見ていると、ポケットで携帯電話が震えていることに気がついた。
　そっと取り出して確認すると……、
【ゲームクリア】
　そう文字が浮かんでいた。
　よかった……ゲームをクリアできた。
　でも、あたしの心は少しも晴れなかった。

英雄

　現場で、警察官や赤ちゃんの家族の人から名前、住所や電話番号を聞かれ、あっという間に時間は過ぎていく。
　携帯電話は壊れているし、普段から腕時計なんて持ち歩かないあたしは、今が何時か知ることもできなかった。
　さすがに長時間現場にいたので登校時間が気になりはじめ、あたしは近くにいた警察官に時間を尋ねることにした。
「すみません、今何時ですか？」
「今？　8時15分だよ」
　にこやかな笑顔で時間を教えてくれる警察官。
　ホームルームがはじまるのは、8時30分。
　ここから学校まで走っても間に合わないし、カバンも持っていない。
　この時点で遅刻は確定してしまった。
　だから、あたしは一度家に帰り、シャワーでススを落としてから学校へ登校した。
　もう周囲に同じ制服を着た子たちの姿はなく、ひとりで歩いているのがなんだか妙な気分だ。
　校門をくぐっても生徒のざわめきは聞こえず、すでに授業がはじまっている時間なのだとわかった。
　いったん職員室へ行って、遅刻理由を記入しなければいけない。
　あたしは深いため息をつくと、重たい足取りで職員室へ

と向かった。
　職員室の入り口の前に置いてある、遅刻記入票とペンを手に取る。
　でも、なんて書こう。
　ペンを持った手が、思わず止まる。
【火災現場で赤ちゃんを助けていました】なんて書いて、先生は信じてくれるだろうか？
　少し考えたけれど、とても信じてくれる内容だとは思えなかった。
　あたしは仕方なく、【寝坊しました】と嘘の理由を書くことにしたのだった。
　遅刻記入票を胸ポケットに入れて、教室へと向かう。
　ホームルームはまだやっていた。
「今日はロングホームルームの日だっけ？」
　ホームルームはとっくに終わっていると思っていたあたしは、首をかしげる。
　途中から教室へ入っていくのは勇気がいる。
　終わるまで待っていようかな……。
　教室の前で躊躇していると、突然、廊下側の窓がガラッと音を立てて開いた。
　窓際の男子生徒が暑くて開けたみたいだ。
　その生徒と目が合う。
「あ、東谷！」
　その生徒が、驚いたようにあたしの名前を呼んだ。
　次の瞬間、教室内がざわめき出した。

え、何？
　遅刻したくらいで、ここまでの騒ぎになると思っていなかったあたしは、思わず数歩あとずさりをして教室から離れた。
　そうしていると、担任がにこやかな笑顔で教室から出てきて「なんだ、今日はもう来ないのかと思ったぞ」と、言いながらあたしを教室内へと引っ張る。
　教室へ入るとクラスメイトたちがワッと歓声を上げ、そして拍手の渦が巻き起こった。
　な、何!?
　状況が理解できず、あたしは瞬きを繰り返す。
「よくやったな、東谷！」
　そう言って担任があたしの肩を叩く。
「な、なんのことですか？」
　慌てて聞き返すと、「火事の現場から赤ちゃんを助け出したそうじゃないか。ご両親から連絡があったぞ」と、耳打ちして教えてくれた。
　そうか……。
　いったん家に帰った時、両親はあたしに何か聞きたそうな顔をしていた。
　それは、警察や赤ちゃんの家族から先に事件の連絡が入っていたからだったんだ。
　でも、疲れきっていたあたしは両親から何かを聞かれるのが嫌で、逃げるようにして家を出てきた。
　そして、あたしが知らない間に両親は学校へ連絡を入れ

ていた。
　だから、みんな知っているんだ。
　そうとわかると、途端に恥ずかしくなってくる。
　みんなが尊敬の眼差しであたしのことを見ているし、まるで英雄のような扱いをされている。
「すごいね！」
「勇気があるよな！」
「見直したよ！」
　あたしを褒める言葉が教室の中で飛び交う。
　でも……。
　そんなんじゃ、ないのに……。
　あたしは、赤ちゃんのために火に飛び込んだんじゃない。
　自分自身と、大切な人たちを守るためだけにやったことなのに……。
　歓声と拍手をどこか遠いものに聞きながら、あたしはグッと拳を握りしめた。
　あたしは……一度失敗した。
　助けなきゃいけない命を助けられなかった。
　その結果、ココアまで失うことになった。
　みんな、それを知らないだけ。
　すべて、あたしのせいなのに……。

遊園地

　朝のホームルームから散々英雄扱いされたあたしは、昼休みには疲れ果てていた。
　ぐったりと机に突っ伏していると、和花が声をかけてきた。
「芹香、大丈夫？」
「ん……」
　ゆっくり顔を上げると、和花の心配そうな顔が見えた。
「ちょっと、疲れただけ」
　そう言って、ようやく体を起こす。
「朝からずっと見物客が絶えないもんね」
　あたしの顔を覗き込んで和花が言う。
「人を動物園の動物みたいに言わないでよ」
　ムッとして頬を膨らませながらそう言うと、和花が明るい笑い声を上げた。
　学校中にあたしの噂（うわさ）が広まるのはあっという間で、休憩時間のたびに他のクラスの生徒、上級生や下級生までもが教室を覗きに来ていた。
　そのたびに取りつくろった笑顔を浮かべていたので、顔の筋肉が引きつっている。
「悪い意味で有名になったわけじゃないんだから、いいんじゃない？」
　和花が慰（なぐさ）めるように言ってくれる。
　そして、あたしの机に自分の机をくっつけて、お弁当を

取り出した。

あたしもそれにならって、お弁当を取り出す。

正直、食欲はないんだけどね。

ただ、少しでも食べておかないと家族や友達に心配をかけるので、食べられそうなものだけ箸をつける。

「和花……」

「何?」

「あたし、英雄なんかじゃないよ」

ボソッと、小さな声であたしは言った。

「え?」

「全然、いいことなんてしてない」

今度はハッキリと聞こえるように言う。

和花は、箸を持ったままピタリと止まってしまった。

少し驚いたような表情を見せた和花だったけれど、すぐにニコッと笑ってくれた。

「そうだよね。芹香は芹香だよね。英雄じゃなくて」

それは、ごく自然と出てきた言葉だった。

和花は、いつもと変わらずあたしと接してくれている。

あたしを特別扱いすることなく、好奇な視線を向けることもない。

その言葉を素直に受け止めることができて、ジワッと心に広がっていく。

「……ありがとう、和花」

「え? なんで?」

和花はキョトンとした表情であたしを見る。

「別に、なんでもない」
　そう言って、あたしは大きく口を開いてお弁当を食べたのだった。

　お弁当を食べ終えて少しすると、あたしの元に怜央がやってきた。
「話、聞いたぞ」
　笑顔で、今朝のことを話しはじめる怜央。
　和花のおかげで少し元気になったのに、また気分が滅入りそうになる。
　あたしが心の中でため息をつこうとした時、怜央が「ほら」と言って、あたしにチケットのようなものを差し出してきた。
　なんだろう……と思いながら受け取る。
　それは、あたしがずっと行きたがっていた遊園地のチケットだった。
「これ、どうしたの!?」
　思わず声のトーンが高くなる。
　すると、怜央があたしの手からチケットを奪い取り、それを胸ポケットにしまいながら、ニコッとほほえんだ。
「勇気を出した芹香にご褒美。っていうのはあとづけで、昨日もらったんだ」
　怜央の言葉にあたしは一瞬固まってしまった。
　『勇気を出した芹香にご褒美』。
　それは聞くまでもなく、赤ちゃんを助けたことを指して

いる。
　胃を、キュッと締めつけられる感覚がした。
　でも、この遊園地のチケットはなかなか手に入らないことで有名だ。
　それを、怜央が用意してくれた。
　それは素直にうれしいと感じられることだった。
「うれしい!!」
　怜央に抱きつきたくなる衝動を必死に我慢して、満面の笑みを浮かべる。
　一気に元気になったあたしを見て、和花がクスクスとおかしそうに笑った。
「今度の休み、一緒に行こうな」
　怜央がそう言い、あたしの頭をポンポンと撫でる。
「もちろん！」
　怜央の言葉に、あたしは大きく返事をしたのだった。

　その日の放課後。
　帰ろうと自分の席から立ち上がったあたしは、持っていたカバンの中で、携帯電話が震えていることに気がついた。
　嫌な予感が胸をよぎる。
　どうして使えない携帯電話なんて、持ってきてしまうんだろう。
　家に置いておくとか捨ててしまうとか方法はたくさんあるのに、なぜかあたしは携帯電話を大切に持ち歩いている。
　持っていなければ、悪いことが起こるような気がしてな

らないんだ。
　あたしは携帯電話をカバンから恐る恐る取り出し、画面の文字に小さく悲鳴を上げた。
【レベル2　プレイ】
　いつもの血文字で、そう表示されているのだ。
　どうしよう……。
　レベル1があるということは、その先があっても不思議ではない。
　登録画面の大切な物ランキングが5つあったから、最低でも【レベル5】まではあると思っていた。
　でも、このゲームは、とても続けられるようなゲームではない。
　いつ死んでもおかしくない……ゲーム。
　そんな、恐ろしいゲームなんだ。
　あたしはその場に立ちすくみ、画面を見つめる。
　どうにかこの文字が消えてくれないかと、いろいろなボタンを押してみた。
　けれど、それは無駄な努力で、画面は消えてくれなかった。
「あたしがいったい何をしたっていうのよ……！」
　思わず、そんな言葉が口をついて出る。
　何も悪いことなんてしてない。
　このゲームが勝手にあたしの携帯電話に入り込み、そして強制的にプレイさせているだけ。
　ギリッと歯を食いしばり、やり場のない焦りと恐怖に包まれる。

一瞬、携帯電話を粉々にしてしまおうかと考えた。
　でも、無残な死を遂げたココアを思い出すと、放置することさえ恐ろしい。
　あたしはカタカタと小刻みに震える指先で、【プレイ】ボタンを押すしかなかったのだ……。

レベル2

　【プレイ】ボタンを押すと、すぐに画面は切り替わった。
【レベル2　大迷路からの脱出】
　レベル1は火事の家から赤ちゃんを救出するゲームだったけれど、レベル2は、大迷路から老人……おばあさんを救出するという内容になっていた。
　小さな携帯画面では巨大迷路の出口を探すのは大変だったけれど、前回同様に迷路を上から見た構図で描かれていたので、比較的早くクリアすることができた。
　ゲーム自体は、やはり難しいものではない。
　ゲームに慣れていなくても、画面上だけなら誰でもクリアができる内容だ。
　その後、レベル1の時と同じように画面は真っ暗になってしまった。
　これだけではクリアしたことにはならない。
　だから、画面に【クリア】の文字は出ないのだと、今回はすぐに理解できた。
　そして、このゲームを現実の世界でクリアできなかった場合は、ココアの次に〝大切なもの〟……。
「和花……」
　あたしは親友の顔を思い出し、そして小さく呟いた。

　翌朝、いつものように学校へ行く準備をしていると、テ

レビのニュースで台風が接近していると告げていた。

　昨日の夜からやけに風が強いと思っていたけれど、台風が原因だったのか……。

　あたしは朝食のパンを頬張りながら、画面上に警報が出ているのを見つけた。

「警報が出てるね」

　と、両親へ向けて言ってみる。

「あぁ。でも、学校は休みにはなってないぞ」

「わかってるよ」

　本当は休みになるんじゃないかと期待していたから、お父さんに釘を刺されてペロッと舌を出した。

　梅雨入り前の天気予報では空梅雨だと言っていたのに、今度は台風か。

　あたしは、ぼんやりとキャスターの声を聞いていた。

　登校時間になると風は強さを増し、通学途中で雨が降ってきた。

　学校について教室へ入ると、天気が悪いためにいつもより薄暗く、雨の日特有の夕方のような雰囲気がした。

　コンクリートで固められた校舎は、いつもより濃い灰色になっている。

「芹香、おはよう」

　席に座るあたしに、和花がタオルを差し出してくれた。

「ありがとう」

　猫のキャラクターがプリントされたタオルを借りて、濡

れた制服を拭(ふ)く。
「教室まで雨の臭いがするね」
「そうだね。ジメジメして気持ち悪いし」
「今まで水不足ってニュースが多かったけれど、この台風で水災害のニュースが増えそうだね」
　そう言って、和花が軽く肩をすくめた。
　いつ何が起こるかわからない。
　そう言いたげだった。
　あたしは窓の外を見た。
　分厚い雲に包まれた空は薄暗く、さっきよりも窓を叩く雨粒は大きくなっているようだった。
「大丈夫かな……」
　ふと、そう呟く。
　もう警報は3つくらい出ているんじゃないだろうか？
　こんな風の強い日は傘をさせば余計に危ないし、無事に下校できるか心配になる。
　そう思っているとホームルームがはじまるチャイムが鳴り、窓辺で外の天気を気にしていた生徒たちがそれぞれの席に戻っていく。
　それからすぐに担任が教室へ入ってきた。
　いつもニコニコと愛想(あいそ)のいい先生が、今日は少し深刻な表情をしている。
　教卓に立って朝のあいさつもそこそこに、先生は窓のほうへ視線をやり、すぐにあたしたちのほうを見る。
　クラスメイトたちは、何かを期待しているような目で先

生を見ている。
　先生は生徒たちの期待が何かを理解しているようで、軽くため息を吐き出した。
　そして、「今日は午前中で授業は終了だ」と、言った途端、教室の中にワッと歓声が沸いた。
「こら、喜ぶな！　台風の影響で仕方なくだ。代わりにお前らにはたっぷり宿題を出してやる！」
　そう言いながら、パンッと手を叩いて生徒を制止する担任の先生。
　『宿題』という言葉にブーイングは起きたものの、午前中で帰れるのはうれしい。
　和花がチラッとこちらを振り向き、「やったね」と、口パクで言ってきた。

大迷路

　担任の先生が言ったとおり、午前中の授業が終わると帰れることになった。
　部活動も中止で、あっという間に教室の中はガラガラ。
「早く帰らなきゃ」
　雨と風は学校に来た時より少し弱まっているから、今のうちに帰ったほうがいい。
「じゃあね、芹香」
　和花がカバンを持って声をかけてくる。
「うん。バイバイ、和花」
　和花は親が学校まで車で迎えに来てくれているらしく、手を振って教室を出ていく。
　あたしもカバンに教科書とノートを入れると、すぐに席を立った。
　早く帰らなきゃ。
　そう思ってカバンを持ち、教室の入り口まで来た時、怜央にバッタリ出くわした。
「怜央、どうしたの？」
　驚いてそう聞くと「危ないから、芹香と一緒に帰ろうと思って」と言い、怜央はあたしのカバンをひょいっと持って先に歩き出してしまった。
　家まで送ってくれるんだ。
　あたしは、小走りに怜央のあとをついていきながら口を

開く。
「でも、怜央の家のほうが遠いよ？」
「そんなの気にするなよ。俺は大丈夫」
　そう言って、ニカッと笑う怜央。
　その笑顔に、あたしは思わずほほえんでしまう。
　学校の外は薄暗かったけれど、やっぱり風も雨もたいしたことはなかった。
　ちょっと大げさな警報が発令されているみたいだ。
　これなら大丈夫かな。
　そう思い、あたしは怜央と帰ることにしたのだった。

　学校を出て少しすると、空から薄明かりが差し込み、昼間の明るさがあたりを包み込んでいた。
「天気、回復したな」
　怜央が、空を見上げて呟くように言う。
「本当だね。思ったより早く台風が通りすぎたのかな？」
　雨上がりの空には虹(にじ)がかかっていて、すごくキレイ。
　すると怜央が、歩道脇にあるバス停の前で立ち止まった。
「どうしたの？」
　そう聞くと、「なんか、このまま帰るのもったいなくねぇ？」と、怜央。
「え？」
　確かに、雨も風もやんで学校は休み。
　しかも、今は怜央とふたりきり。
　このまま帰ってしまうのはもったいない気がする。

すると、怜央がポケットからあの遊園地のチケットを取り出した。
「今から行く？」
「え、今から？」
　あたしは瞬きを繰り返す。
　遊園地はここから車で20分くらいの場所。
　行けないほど遠い場所ではないけれど、まさか今日行くことになるなんて思ってもみなかった。
　それに、やっぱり天気も気になる。
　あたしはもう一度空を見上げた。
　虹の上を鳥が飛んでいくのが見える。
　雨はもう降らないんだろうか？
「遊園地の近くまで行くバスがもうすぐ来るけど、どうする？」
　怜央は答えを急かすようにそう言い、チケットをヒラヒラと振ってみせた。
「……行きたい」
　あたしは小さくそう答えた。
「じゃ、決まり」
　怜央はあたしの頭を撫でて笑ったのだった。

　怜央とふたりでバスに乗るのは初めてで、新鮮な時間が過ぎていく。
　20分という移動時間はとても短く感じられた。
　バスを下り、ふたり手を繋いで遊園地まで歩く。

遊園地の入り口は何十人かのお客さんの列ができていて、それは午後から天気がよくなったことが要因だと思われた。
「このチケット、フリーパスなんだね」
　あたしはチケットを取り出してそう言った。
「あぁ。だから本当は丸１日遊べる日でもよかったんだけど、思い立ったが吉日って言うだろ？」
「うん！」
　あたしは怜央の言葉に大きく頷く。
　ずっと来たかった遊園地。
　乗りたいアトラクションは雑誌で何度も確認してある。
　半日しかなくても、上手にまわれば十分満足できるはずだった。
「行こう、怜央！」
　よく晴れた空の下、あたしは怜央の手を引いた。

　午後から晴れたため、それなりに来園者の姿はあったものの、どのアトラクションも待ち時間は30分以内という状態で、あたしたちは次から次へといろいろな乗り物を楽しめていた。
「やっぱり、今日にして大正解だな」
　怜央が、ポップコーンを食べながら笑顔でそう言う。
「そうだね！」
　怜央から『今から行く？』と提案された時には戸惑ったけれど、来て正解だった。
　本当に楽しめた。

気づけば日は傾きはじめていて、暗くなる前に帰らないとさすがにまずいかな、と思った時だった。

　怜央が「最後にあそこに入ろうか」と、ひとつのアトラクションを指差した。

「どれ？」

　そう言いながら怜央が指差すほうへ視線を移し……あたしは絶句した。

　『巨大迷路』と書かれた看板が頭上にそびえていたのだ。

　あたしは、一瞬にしてゲームのことを思い出す。

　【レベル2】の内容は巨大迷路からの脱出だった。

　すぐにプレイした画面の光景が蘇ってきて、目の前の巨大迷路と一致した。

　まさか……。

　まさか、まさか、まさか‼

　こんな楽しい気分の時に出会ってしまうなんて……。

　血の気がサッと引いていく。

　ううん。

　レベル2で迷路のゲームを見た時、『遊園地』という単語に行きついても不思議じゃない。

　レベル2のゲームがはじまったのは、怜央にチケットを見せてもらった日の放課後。

　どうしてあたしは、すぐに遊園地のことを思い出さなかったんだろう。

　ずっと来たかった場所だったから、ゲームのことなんてすっかり忘れていた。

自分の拳をギュッと握りしめると、手のひらに伸びた爪が刺さった。
「どした？　行こうぜ、芹香」
　言葉を失っているあたしに、不思議そうな表情を浮かべる怜央。
「嫌だ」とは、言えなかった。
　断れば、和花が……。
　一瞬、血まみれになって目を見開く和花の姿が脳裏をよぎった。
　それだけは、避けなければ……!!
　あたしは怜央に手を引かれながら、巨大迷路へと足を踏み入れたのだった。

台風

　迷路の中へ入ると、あたりは樹木や板を使った塀で囲まれていて、木の香りが鼻をくすぐった。
　天井はなく周囲を囲まれているだけなので、午前中の雨で少しジメジメしていた。
　足元の土は雨水を大量に含んでいて、歩くとジワリと水が出てきた。
　少し気味が悪くて、あたしは無意識のうちに怜央の腕を強く掴んでいた。
「どうした？　迷路が怖いのか？」
「……ううん。大丈夫」
　あたしは小さく首を振る。
　あたしが怖いのは迷路じゃない。
　ゲームのほうだ。
　だけど、今回は怜央が一緒にいるためか、少しは冷静でいられる気がした。
　【レベル1】の時はとにかく必死で、火事の現場に飛び込んでいくような無茶をしてしまった。
　でも、今回はそんなことはしない。
　怜央が一緒だから、大丈夫だと思える。
「出口まで、どれくらいかかるんだろうな」
「……入り口を入ってすぐのところに、平均所要時間は30分って書いてあった」

念のため、入り口の説明書きをよく読んでおいたのだ。
　いざという時の非常口もあると、書いてあった。
「へぇ、わりと時間がかかるんだな」
　怜央はそう言いながら、右へ左へと歩いていく。
　方向を理解して歩いているのではなく、当てずっぽうみたいだ。
　しばらく歩いていると、風がふたりの間を通り抜けた。
　空を見上げてみると、黒い雲に覆われている。
「ねぇ、怜央。また雨が降りそうだよ」
「本当だ。早く終わらせて帰ろう」
　暗くなっていく空に、さすがに怜央も表情を曇らせた。
　雨が降ればデートが台無しになると思ったのか、怜央の歩調が速くなった。
　それは無意識の行動らしく、本人は気づいていない。
　あたしは怜央の歩調に合わせて小走りになる。
　そこから少し進んだところで、ポツポツと雨が降りはじめた。
　繋いでいた手はいつの間にか離され、怜央の舌打ちが聞こえる。
「ね、ちょっと待って！」
　どんどん先を行く怜央に追いつこうと、必死で走る。
「怜央‼」
　雨は一気に強くなり、あたしの声をかき消した。
　怜央は振り向かない。
　怜央を追って角を曲がろうとした時、雨でぬかるんだ土

に足を取られた。
「あっ……！」
　バランスを崩し、そのまま地面へと倒れ込む。
　その拍子に膝をすりむいた。
「痛……」
　膝から滲み出てくる血が、雨によって流れていく。
　キュッと拳を握りしめて立ち上がり、痛む足を少し引きずるようにして歩いていく。
　台風の風がゴウゴウと激しさを増しても、あたしは非常口の明かりを無視して迷路の中をさまよった。
　この迷路のどこかに、助けるべきおばあさんがいるはず。
　あたしは、そのおばあさんと一緒にここを出なければいけない。
　雨で体温はどんどん奪われていく。
　６月といえど、これだけ濡れればさすがに寒くて、あたしは軽く身震いをした。
「和花、大丈夫だからね……」
　そう呟き、前を睨みつけるようにして歩く。
　そして、10分ほどたった時だった。
　迷路の中を右へ折れた時、左側の壁に寄り掛かるようにして座り込んでいる、ひとりのおばあさんが目に入った。
　おばあさんは白髪をうしろでひとつに束ねていて、濃い紫色の上着とクリーム色のスラックスという姿だった。
　あたしと同じように、服はすでに泥まみれ。
　痛々しいと言えるその姿にあたしの胸は痛む。

けれど、あたしはそのおばあさんを見つけた瞬間、心底ホッとしていた。
　巨大迷路のどこにいるかわからないお年寄りを見つけるなんて、不可能かもしれないと思っていたから。
「大丈夫ですか？」
　膝をついてしゃがみ込み、あたしを待っていたはずのおばあさんに声をかける。
　すると、おばあさんは無言のままこちらへ顔を上げた。
　その瞬間、あたしは息をのんだ。
　おばあさんの両目は灰色に濁っていて、見えていないのだと一瞬にして理解できたから。
　目の不自由な人が、ひとりで巨大迷路に入るはずがない。
　もしかしてこれは、あたしのためにセッティングされていたんじゃないだろうか？
　思えば、あたしがゲームをしてからというもの、火事にならなくていい家が火事になり、迷子にならなくていいおばあさんが迷子になっている気がする。
　そんな考えが胸をよぎると同時に心が痛み出し、その痛みに悲鳴を上げそうになった。
「……あたしの手に掴まってください。一緒に出口を探しましょう」
　それでも、あたしは自分のゲームを続けるしかなかった。
　この状況で他にどうすればいいかなんて、考える余裕はなかった。
　とにかく【レベル２】をクリアすること。

あたしがおばあさんの手を握ると、おばあさんはようやっと、という感じで立ち上がって、おずおずとあたしの手を掴んだ。
　この風と雨の中、歩くことはできるだろうか？
　できたとしても、出口まで何時間かかるかわからない。
　おばあさんの体力も心配だ。
　あたしはいったんおばあさんから手を離し、そして「あたしの背中に乗ってください」と、おばあさんの前でしゃがみ込んだ。
　おばあさんはひと言も発さなかったが、手探りであたしの背中を探し、そして身を預けてきた。
　涙が出てきそうなほど、軽い。
　ごめんなさい。
　あたしのゲームに巻き込んでしまって、ごめんなさい。
　出口を探している間中、あたしはずっと心の中で謝り続けていた。
　途中、いくつか非常口の明かりが見えたけれど、ここで出てしまったら本当のクリアにはならない……。
　そんな気がして、あたしは携帯電話でやったレベル2のゲームを思い出しながら、歩き続けた。

ケンカ

　あたしがおばあさんを担いで外へ出られたのは、それから20分後のことだった。
　いくら軽くても、人ひとりを背負って20分も歩き続けるのはさすがに大変だった。
　息を切らしながら外へ出ると、悪天候のせいでずいぶんと薄暗かった。
　でも、これでゲームはクリアできたはずだ。
　その時、ピンク色の傘をさした小学生くらいの女の子が「おばあちゃん!!」と、言いながらあたしたちのほうへと駆け寄ってきた。
　そのうしろから、女の子の両親だと思われる夫婦も透明の傘をさして駆け寄ってくる。
　遊園地のスタッフと思われる人たちが騒然として、「見つかったぞ」という声があちこちから聞こえてきた。
　何人かのスタッフが迷路に入って助けにきてくれていたのか、トランシーバーに向かって何事か話しているスタッフもいた。
　あたしは無言のまま、びしょ濡れになったおばあさんを背中から下ろす。
　奥さんのほうがすぐにおばあさんへ傘を差し出し、小学生の女の子に向かって「どうしておばあちゃんを置いてきたりしたの!!」と、叱りつけた。

女の子はおばあさんが出てくるのを待っている間、何度も叱られたのだろう。
　よく見ると、女の子の目は充血して真っ赤になっている。
「どうも、すみませんでした」
　旦那さんがあたしに傘を差し出し、そして頭を下げてきた。
　謝らなければいけないのは、あたしのほうだ。
　この女の子だって、おばあちゃんを置き去りになんてするつもりはなかったはずだ。
「いいえ。大丈夫ですから」
　あたしは家族に目を合わすこともできず、「傘を使ってくれ」と言ってくれた旦那さんの厚意も断った。
　雨も風もさらに強さを増してきて、来客者の安全を確保するために閉園時間を早めるというアナウンスが、聞こえてくる。
　そういえば、怜央はどこだろう……。
　そう思った時、「芹香！」と、あたしを呼ぶ声が聞こえてきた。
　声の聞こえたほうへ視線をやると、スタッフの人と一緒に怜央が走ってくるのが見えた。
「……怜央」
「お前、何やってんだよ！」
　走ってくる怜央は手に２本の傘を持っていて、それには遊園地のキャラクターが印刷されていた。
「迷路の中で、おばあさんが迷ってて……」
　説明するあたしの頭に、怜央は同じキャラクターが印刷

されたタオルを置いた。
　あたしが雨の中さまよっていると思い、用意してくれていたみたいだ。
　怜央はスタッフの人たちと一緒に、あたしを探してくれていたらしい。
「よかった、ふたりとも見つかりましたね」
　あたしとおばあさんを探していたスタッフに、安心した笑顔が浮かんだ。
　あたしは改めてたくさんの人たちに心配をかけていたのだと知り、申しわけなくなった。
「ごめんなさい……」
　肩を落としてスタッフの人たちへ謝る。
「とんでもない！　謝るのはこちらのほうです。それに大切なお客様を迷路から救出していただいて、本当にありがとうございます」
　スタッフの人はそう言い、あたしに向かって頭を下げた。
　またゞ……。
　あたしの胸はギュッと痛くなる。
　火事の家から赤ちゃんを救出した時も、あたしは英雄のような扱いをされた。
　でも、あたしは英雄なんかじゃない……。
　これ以上スタッフの人たちと一緒にいることが苦痛に思え、あたしは怜央の手を握ってその場から逃げ出した。

　スタッフの人たちが見えなくなって歩調を緩めた時、怜

央は口を開いた。
「バカだろ、お前」
「え？」
「なんで非常口から出てこなかったんだよ」
　そう言った怜央は、鋭い目をしてあたしを見ている。
　本当に、怒っているみたいだ。
　非常口から出ようかと、あたしだって何度も考えた。
　緑色に光る看板を、何度も確認しながら歩いた。
　でも……。
　それでは、ゲームをクリアしたことにはならないはずだ。
　次に失うのは和花。
　それだけは、絶対に避けたかった。
　怜央が乱暴にあたしの頭をタオルで拭いている時、ポケットの中で携帯電話が震えた。
　その振動に、一瞬ビクッと体を震わせるあたし。
　恐る恐るポケットから携帯電話を取り出すと……。
　そこには【ゲームクリア】の文字が浮かんでいて、あたしはホッと胸を撫で下ろした。
　よかった。
　成功したんだ。
　そう思うと途端に気が緩み、ジワリと涙が浮かんできた。
　グッとこらえようと思ったけれど、自分では止められそうもない。
「おい、どうした？」
　すぐにあたしの異変に気づいた怜央が、顔を覗き込んで

くる。
「……怖かった……」
「迷路で迷子になったくらいで泣くなよ」
「違う……そうじゃない」
「え？」
　怜央が首をかしげる。
「ゲーム……。これも、携帯ゲームだったの」
「……は？」
　怜央が怪訝そうな顔をする。
「レベル2は巨大迷路からの脱出だったのよ。怜央が迷路に入ろうって言った時に、あたし、これがゲームだって気がついたの。だから、本当は入るのが怖かった。でも、行かなきゃ。あたしが行かなきゃ、次の大切なものが奪われてしまうから……！」
　恐怖を吐き出すように、まくし立てて言うあたし。
　グッと押し殺していた感情が言葉になって流れ出すのを、止めることができなかった。
「何、言ってんだよ……」
　タオルを持っていた怜央の手が、あたしからするりと離れていった。
　……え？
　怜央はさっきよりもさらに険しい表情をして、あたしを見ている。
　怒っているのに、悲しそうな顔。
「ココアのことは偶然だって、俺、言ったよな？」

「……言ったけど、でも……!」
「うるさいな!」
　あたしの言葉を、怜央がさえぎった。
　今まで聞いたことのない怒鳴り声に、あたしは次の言葉を失ってしまった。
「俺と一緒にいる時くらい、ゲームのことは忘れろよ!!」
　すると、再び怒鳴り、あたしの腕を乱暴に掴んで出口へと向かう怜央。
　あたしは怜央に、【リアルゲーム】のことをもっとしっかり説明したかった。
　そして理解してほしかった。
　けれど、あたしが何度話しかけても怜央は返事をしてくれなくなってしまった。
　それから家に帰るまでの間、怜央はひと言も口をきいてくれなかったのだった……。

2章

友情

　怜央とケンカをした日の翌日、あたしは雨風に当たったため、朝から高熱を出して寝込んでしまった。
　ベッドの中で寝返りを打ち、荒い呼吸を繰り返す。
　考えなければいけないことがたくさんあるはずなのに、熱のせいか思考は完全にストップ。
　救いなのは、今日は学校が休みだったことだ。
　誰にも連絡を入れる必要がないから、お見舞いに来る子もいなくて、昨日の出来事を話さなくていい。
　ピピピッと脇の下から体温計の音がして、あたしは閉じていた目を開いた。
　一瞬、熱で世界が歪んで見えた。
　体温計を取り出すと、38度4分という数字が見えた。
　起きた時から全然下がっていない。
　いざとなればリビングにいるお母さんに頼んで、病院に連れていってもらう予定だった。
　汗でベトついた首元を手のひらでぬぐった時、ベッド脇のテーブルにおかゆの入った茶碗、ペットボトルの水と飲み薬が置いてあることに気がついた。
　いつの間に置いてくれたんだろう。
　その向こうにある目覚まし時計を見ると、すでに昼をまわっていた。
　体は鉛のようにズッシリと重く、起き上がるのもやっと

の思いだった。
　どうにかベッドの上で体を起こし、木製のスプーンを手に取る。
　そして、おかゆの入っている茶碗に少しだけ手をつける。
　一口食べれば食欲が湧くかと思ったけれど、そうでもなかった。
　熱のせいで、おかゆを飲み込むことも困難だ。
　あたしは気持ちばかりの昼食をとり、薬を飲んでまた目を閉じた。

　次に目を覚ました時、窓の外の明かりはオレンジ色になっていた。
　もう夕方なんだ……。
　起きた時の感覚はずいぶんとすっきりしていて、薬が効いたのだとわかった。
　自分の額に手を当ててみると、ヒヤリと冷たいくらいだった。
　汗をかいたせいで喉はカラカラに乾いていて、ベッド脇のテーブルに目をやると茶碗と薬は片づけられ、ペットボトルの水だけが置いてあった。
　お母さん、いつの間に片づけてくれたんだろう……。
　本当にありがとう。
　心の中でそう言い、体を起こして水を飲む。
　口の中に広がる常温の水に、生き返るようだった。
　この調子なら、明日には普通に動けそう。

そう思ってホッとしていると、ドアをノックする音が部屋に響いた。
　お母さんかな？
「はい」
　まだ多少残っている鼻声で返事をすると「やっほ！」と、明るい声とともに和花が部屋に入ってきた。
「和花!?」
　あたしは驚いて目を丸くする。
「遊びに来たら、風邪引いて寝てるって聞いて、お見舞いに変更した」
　そう言って、和花はコンビニのレジ袋からカットフルーツを取り出した。
　急きょ買ってきた……という感じだ。
「そんな、お見舞いなんてよかったのに」
　あたしは、和花からオレンジを受け取りながら言う。
「何を言ってるのよ。友達でしょ？　心配して当然じゃん」
　和花は丸いクッションを部屋の隅から引っ張ってきて、それに座った。
「でも、いきなり遊びに来るなんて珍しいね」
「うん……ごめん、今の嘘。ちょっと散歩でもしようと思って外を歩いていたら、偶然怜央君と会ったの」
「怜央と？」
　あたしは聞き返す。
「うん。それで、昨日芹香とケンカしたんだって話を聞いたから、気になって来てみたの。そしたら、おばさんが芹

香は風邪を引いて寝ているって言うから、大慌てでコンビニに行ってきた」
　そう言って、和花は笑った。
「……そっか。心配かけてごめんね」
「ううん。顔色はずいぶんいいみたいだし、安心した」
「うん」
　でも、和花は怜央と何があったのか知りたいはずだ。
　あたしが熱を出しているから、それを自分から聞いてこないだけだろう。
　あたしはオレンジをパクッと食べると、皮を手でくるくると弄びながら口を開いた。
「あのね、和花」
「何？」
「驚かずに、聞いてくれる？」
「……怜央君とのこと？」
「そうであって、そうじゃない」
「何それ」
　和花は目をパチクリさせてあたしを見た。
「あたしに起こったことを、怜央がどうとらえているかってこと」
「……聞くよ？」
　あたしは大きく深呼吸をすると、まっすぐに和花を見て、ゆっくりと口を開いた……。

　あたしが【リアルゲーム】のことを説明している間、和

花は一度も口を挟まなかった。
　笑われるかと思っていたけれど、和花は真剣な表情で話を聞いてくれていた。
「怜央君の言いたいことはよくわかる。だって、ただの偶然じゃない？　って、あたしも思うもん」
「……うん」
「正直、あたしも芹香の言っていることを全部鵜呑みにしているわけじゃないよ？　ただ、芹香が嘘をつくような子じゃないってこと、あたしは知ってる。だから今の話も信じようと思う」
「……ありがとう和花」
「ううん。それにね、芹香。そこまでしてあたしを守ってくれて、ありがとう」
　和花が、あたしの手を握りしめた。
　柔らかくて、温かな手。
「芹香ひとりに背負わせて、ごめんね……」
　和花は、【リアルゲーム】のことなんて全然知らない。
　あたしが、今説明したことしか知らない。
　だけど和花はそう言って、本当に申しわけなさそうに顔を歪めたんだ。

ふたりプレイ

　翌日。
　すっかり熱が下がったあたしだったけれど、念のためもう1日学校を休むことにした。
　時計を確認し、授業の間の休憩時間を見計らって、怜央に連絡を取ろうかどうしようか悩んでいた。
　昨日、和花に怜央がどんな様子であたしの話をしていたのかを聞いておけばよかった。
　今あたしから連絡をして、もし火に油を注ぐようになってしまったらどうしよう。
　そう思うと、受話器を持った手が受話器を置いてしまうのだ。
「芹香、さっきから何してるの!?」
　廊下に置かれている電話の前でウロウロしていたら、お母さんに注意されてしまった。
「病み上がりなんだから、今日は大人しくしていなさいよ。他の子たちは学校にいるんだから、邪魔しちゃダメよ」
　お母さんは、あたしがどこか遊びに出ようとしていると思ったのか、釘を刺されてしまった。
「はぁい……」
　あたしは仕方なくリビングへ戻り、ソファに座った。
　ソファに座ったら今度は落ちつかず、あたしはリモコンでテレビのチャンネルをパチパチと変える。

でも、どの番組を見てもろくに頭に入ってこない。
　怜央の顔が浮かんでくるばかりで、ちっとも楽しくない。
「あぁ～……」
　と、声を上げてソファに寝転ぶ。
　早く仲直りしなきゃ。
　でも、あたしは【リアルゲーム】を無視することなんてできない。
　偶然だなんて、思えない。
　どうすればいいの……？
　怜央を説得しようにも怒鳴られたばかりだし、しばらくはゲームの話はしないほうがいいだろう。
　グルグルと考えを巡らせていると、玄関のチャイムが鳴った。
　廊下を掃除していたお母さんが、すぐに玄関を開ける音が聞こえてきた。
「あら、和花ちゃん。今日も来てくれたの？　学校は？」
　いつもよりワントーン高いお母さんの声がして、あたしはパッと立ち上がった。
「今日は午前中授業で、午後からはお休みなんです」
　そんな和花の声が聞こえてくる。
「和花!?」
　あたしはダッシュでリビングを出て玄関へと向かう。
「芹香、すっかり元気そうじゃん」
　そこには私服姿の和花がいた。
　和花は昨日とは違い、ちゃんとデパートで買ってきたよ

うなフルーツの詰め合わせを持っていた。
「和花、今日も来てくれたんだ」
「うん。でも芹香は元気そうだから、このフルーツは、おばさんにあげます」
　そう言って和花はニコッと笑うと、お母さんにフルーツ籠を渡した。
「あら、ありがとう！　さっそく切って持っていくわね」
　お母さんがいそいそとリビングに向かったので、あたしは和花を２階へと案内した。
　自室に入り「今日も来てくれるなんて思わなかった！」と、和花に抱きつく。
「ちょっと、どうしたの？」
　和花が驚いて体を硬直させる。
「来てくれて、すごくうれしい！」
「なぁに？　そんなにあたしに会いたかった？」
　そう言い、和花はあたしの腕の中で笑う。
「和花だってそうでしょう？　今日は午後からも普通授業のはずだもん」
「あはは。おばさんには内緒ね？」
　和花はそう言い、ウインクをした。
「ありがとう、和花」
「どういたしまして。で、そんなに会いたいなんて、どうかした？」
「そう……実は怜央のこと、悩んでて……」
「怜央君のこと？」

「仲直りしたいんだけど、あたしはやっぱりゲームの出来事を偶然だなんて思えなくて……。だけど、そんなこと言ったらまたケンカになっちゃうでしょう?」
「それで悩んでたの?」
「そうなの……」
　あたしはすがるような目で和花を見つめる。
　和花は「仕方ないなぁ」と呟き、キョロキョロと部屋の中を見まわした。
「何?」
「携帯電話は?」
　そう聞かれ、あたしは制服のポケットに入れっぱなしだった携帯電話を取り出した。
　いつもどおり画面は真っ暗だ。
「芹香の話では、ゲームはまだ続いているんだよね?」
「うん。たぶん」
「じゃあ、次のゲームを一緒にやろう」
「へ!?」
　あたしは驚いて和花を見つめる。
「だって、今までは芹香ひとりでゲームをしていたんでしょ?　あたしも怜央君も『偶然だ』って考えちゃうのは、そのゲームを見たことがないから。だから、実際にゲームをプレイしてみればいいじゃん」
　そうか。
　どうしてそれに早く気づかなかったんだろう!
　そう思うと同時に、不安が胸をよぎる。

【リアルゲーム】は、予期しない出来事が次々と起こるゲームだ。
　判断を誤れば、何が起こるかわからない。
　もし、ゲームに巻き込むことで、和花や怜央に今以上の危険が及んだらどうしよう。
「そんな不安そうな顔しないで。あくまでもプレイするのは芹香なんだし。あたしはそれを隣で見ているだけだよ」
　あたしの不安を察したのか、和花がそう言った。
「うん……」
　すると不思議なことに、携帯電話が震えた。
　突然のことにビクッとして画面を見ると、【レベル３　プレイ】の文字。
　それは、まるでゲームが生きていて、あたしたちの会話を聞いていたように思えて、あたしはゾクリと寒気を感じた。
「やるよ、和花」
「うん」
　小さな画面を見つめ、あたしは【プレイ】ボタンを選択した……。

レベル3

　画面上にパッと現れたのは、どこかの街を上から見た地図だった。
【殺人犯からの逃走！】
　そう書かれた文字に、思わず小さく悲鳴を上げる。
　今までは赤ちゃんとかおばあさんとか、危険のない人が対象だった。
　でも、今回は違う。
　犯罪者から逃げなければいけないのだ。
「殺人犯……」
　あたしは震える声で呟いた。
「芹香、大丈夫？」
「……うん」
　どんな内容でも、どれだけ怖くても、ゲームは続けなきゃいけない。
　あたしは深い呼吸を繰り返した。
　画面上にはナイフを持った黒い服の男が現れ、あたしを追いかけてくる。
　あたしはボタンを器用に操作し、街の中でその男から逃げていく。
　ゲームはあっという間にクリアし、画面は再び真っ暗になった。
「ねぇ、芹香……」

「何？」
「今、ゲームに出てきた街って、どこかで見たことない？」
　あたしの隣でジッとゲーム画面を見ていた和花が、ボソッと呟くように言った。
「え？」
　あたしは画面から顔を上げて、和花を見る。
「さっきの街の地図。この街に似てなかった？」
「……嘘……」
　あたしは、そこまで気がつかなかった。
　でも、言われてみればそうかもしれない。
　ゲームと現実が巧妙にリンクしている。
　思えばレベル１の時、家の間取り図も同じだった。
　それに、レベル２の迷路の時も……。
　ゲームをクリアするということに気を取られ、大事な部分を見落としてしまっていた。
「芹香、地図ある？」
「ちょっと待ってて」
　あたしはそう言うと、すぐに部屋を出た。
　電話台の下の棚を開けると、電話帳と一緒にこの街の地図が無造作に突っ込んである。
　普段使わない地図は茶色く変色していたけれど、読み取れない状態ではなかった。
　あたしはそれを引っ張り出し、すぐに２階へと戻った。
「あった！」
　そう言いながらテーブルの上に地図を広げる。

さっきまで画面に出ていた地図を、どうにか頭の中で蘇えらせる。
「どこらへんに似ているんだろう？」
　あたしは首をかしげて地図を見つめる。
「あ、ここは？　学校の近く！」
　和花がそう言い、学校の校舎裏あたりを指差した。
「……そうかもしれない……」
　学校のすぐ裏で、アパートや本屋などが密集しているあたりだ。
　大きな通りを１本奥へ入ると、入り組んだ地形になっている。
　それはさっき携帯電話で見たものと、似ているような気がする。
「行ってみる？」
　和花がそう聞いてくる。
　あたしはすぐに返事はできなかった。
　今度の相手は殺人犯。
　本当に殺されてしまう可能性もある。
　そんな場所へ自分からノコノコ出ていくなんて、考えただけでも恐ろしい。
「やめておく？」
　返事ができないあたしに和花が言う。
　あたしは、自分の手が汗ばんでくるのを感じていた。
　ここで悩んでいても、殺人犯は必ず近いうちにあたしの前に現れるだろう。

万が一、登校中にゲームがはじまったりしたら？
　他の生徒を巻き込むことになるかもしれない。
　そんなことになるくらいなら、今、勇気を出してゲームの現場へ行ったほうがいいかもしれない。
　何より現実世界でも、プレイしなくてはいけない。
「芹香、大丈夫？」
　考えている間、ずいぶん怖い顔をしていたのだろう、和花が心配そうにあたしの顔を覗き込んできた。
「大丈夫。和花、付き合ってくれる？」
　そう聞くと、和花はニッコリ笑い「もちろん」と、言ったのだった。

「お母さん、ちょっと出かけてくるね」
　服を着替えてリビングへ入ると「体は大丈夫なの？」と、お母さんが聞いてきた。
「うん。大丈夫」
　もうすっかり熱は下がっていると伝えると、お母さんはホッとしたように表情を緩めた。
　さっきまでは出かけることを反対していたけれど、和花も一緒だから安心したみたいだ。
「気をつけて行ってくるのよ？」
「うん。じゃぁ……」
『行ってくるね』と言いかけた言葉をのみ込み、あたしはテレビ画面に釘づけになった。
　ヘリコプターが、空から街を撮影している映像だった。

その街はついさっきあたしと和花が地図で見ていた場所で、つまり学校のすぐ近くだったのだ。
　1軒の民家がクローズアップされ、そこに住んでいる70代の男性が刃物で刺され、現金を奪われたというニュースだった。
「これって、学校のすぐそばじゃないの！」
　お母さんが驚いたように言う。
　この事件だ……。
　あたしはグッと拳を握りしめた。
　目撃者の話では、犯人と思われる男の身長は175センチくらい。
　年齢は30代後半から50代。
　黒いTシャツに黒いズボンを身につけ、黒いキャップを被って逃走中。
「行こう、和花」
　あたしは和花の手を握って玄関へと向かった。
「ちょっと、本当に気をつけなさいよ!?」
　リビングからお母さんの声が聞こえてくる。
　あたしはそれに返事をせず、家を出たのだった。

狙われているのは……

　和花とふたりで学校の近くまで来ると、パトカーと警察官、そして野次馬たちで道路が埋まっていた。
　中には警察官の様子をスマホで撮影している人もいる。
　あたしはそんな光景から目をそらした。
　この人だかりの先が、被害者の家だろう。
　だけど、ゲームではここから少し離れた場所を、犯人の居場所として示していた。
「ここに来るまでに、怪しい人はいなかったよね」
　和花が言う。
「あのゲームの地図からしたら学校の裏だから、そっちへ移動してみよう」
　あたしたちは、人だかりから少し離れた道を進んでいく。
　少しすると、さっきまでの騒がしさが嘘みたいに、あたりは静まり返っていた。
　きっと周辺の家の人たちは、みんな人ごみの中にいるのだろう。
「なんか、すごいことになっちゃったね」
　和花がチラチラと見える現場の景色を見ながら、呟いた。
「そうだね……」
　これも、きっとあたしのせい。
　ゲームのタイトルどおりだとすれば、これから現れるであろう相手は人殺しということになる。

つまり、今頃、病院にいるはずの被害者は……。
そこまで考えて、あたしは強く首を振って思考を止める。
そんなことない！
きっと、被害者は大丈夫。
あたしはそう思い直し、前を向いた。
「芹香、大丈夫？」
「え？」
「険しい顔してるから……」
「……うん。まぁね」
今のところ、犯人らしき人は見当たらない。
でも、心臓の鼓動はどんどん速くなっていく。
「ねぇ、和花」
「何？」
「危なくなったら、ひとりで逃げてね。そしたら、すぐに警察を呼んできて」
「芹香……」
「犯人の目標はあたしなんだから。和花は巻き込まれないように気をつけて」
まだ、ゲームのことも半信半疑なままの和花だったけど、あたしの言葉に静かに頷いた。
あたしの緊張が、和花にも伝わっているようだ。
逃走中の犯罪者が近くにいるかもしれない。
それだけでも十分に緊張するけど、あたしはそれ以上の緊張感を持っていた。
ドクドクと跳ねる自分の心音さえ、今はうるさく感じる。

犯人に関わるちょっとした物音も聞き逃したくない。
　そんな気分だ。
　そして、ふたり同時に曲がり角を曲がった時……。
　5メートルほど離れた場所に、黒いTシャツに黒いズボン、そして黒いキャップをした男のうしろ姿が見えた。
　あたしと和花の足が、同時に止まる。
　男は現場の様子を気にしているようで、あたしたちの存在には気づいていない。
　その時、男が手に持っているナイフが見えた。
　キラリと光る刃先に血がついている。
　和花が「ヒッ」と、小さく息をのんだ。
　パッと和花を見ると、みるみる顔が青ざめていく。
　どうしよう……。
　この状態じゃ、動いたら気づかれてしまうかもしれない。
　そっとあとずさりをして、距離を広げたほうがいいかもしれない。
　そして、警察を呼ぼう。
　そう思い、あたしは右足をそっとうしろへ下げた。
　その瞬間……。
　──パキッ……。
　転がっていたガラスの破片が音を立てて割れた。
　普段なら気がつかないような小さな音が、爆音のように周囲に響く。
　そして、それは男の耳にも届いていた。
　男がゆっくりと振り返る。

「和花……逃げて‼」
 あたしは、悲鳴のような声を上げて叫んでいた。
 和花がこけそうになりながら、あたしの前を走っていく。
 後方から、男の足音が追ってくる。
 和花が曲がり角を右へ曲がる瞬間、あたしはもう一度「走って‼」と、和花へ向かって叫んだ。
 あたしはその角を左へと曲がると、男の足音はあたしを追ってくる。
 やっぱり、狙われているのはあたし。
 これは、間違いなくゲームだ。
 背中から汗と冷や汗が一緒になって流れる。
 歯を食いしばり、懸命に足を前へ前へと進めるしかない。
 ゲームのゴール地点はいったいどこだったんだろう？
 携帯画面に出ていた地図を懸命に思い出そうとする。
 だけど、背後に迫る恐怖にどうしても最後まで思い出すことができない。
 とにかく大通りへ出よう。
 人がたくさんいる場所に出れば、きっと他の人が助けてくれる。
 そう考えた時、肩を掴まれ後方へ引っ張られた。
「きゃっ……‼」
 バランスを崩したあたしは足を1歩踏み出し、なんとかこけないように踏みとどまった。
 振り返ると男が目の前にいる。
 恐怖が体中から湧き上がり、相手の吊り上がった目に引

きずり込まれそうになる感覚を覚える。
　そんな中、男がナイフを振り上げるのが見えた。
「いやっ!!」
　あたしはとっさに男を突き飛ばし、近くの公園へと走った。
　しかし、そこは四方が壁に囲まれていて、隠れられるような遊具もない。
　逃げ場としては最悪な場所だ。
　あたしは自分の下唇を軽く噛んだ。
　やっぱりここから出たほうがいい。
　そう思って振り向いた時、男が公園の入口まで来ているのが見えた。
　どうしよう……。
　逃げ場がない!!
　ジリジリと距離を詰められ、あたしはあとずさる。
　喉の奥は痙攣(けいれん)したようにヒクつき、悲鳴を上げることもできない。
　その時、右足が砂場へと入り、突然柔らかくなった地面と砂場の段差であたしは尻もちをついてしまった。
「いたっ」
　突然訪れた痛みに顔を歪める。
　そのすきにナイフを持った男が、すぐそばまで来ていた。
　状況を理解する暇もなく、男に馬乗りになられ自由を奪われる。
　え……？
　あ然とするあたし。

男は容赦なくナイフを振り上げる。
　その顔はニヤリと笑い、自分の勝利を確信しているようにも見えた。
　そして、男のナイフが降り下ろされた……。
「離して!!」
　あたしはとっさに大声を張り上げて、上半身をひねった。
　左腕に焼けるような痛みを感じ、あたしはほぼ無意識のうちに右手で砂場の砂をつかみ、男めがけて投げつけていた。
　砂は男の目に入り、「うっ」と、低いうめき声を上げた。
　あたしは右手で力いっぱい男を突き飛ばし、足を絡ませながらもなんとか大通りまで出てきた。
「くそっ!　待て!!」
　低く太い声で怒鳴り、男があたしを追ってくる。
　あたしは振り返らずひたすら走った。
「助けて!!」
　あたしの悲鳴が周囲に響く。
　それでも男は止まらない。
　大通りにさっきまでいた報道陣や野次馬、警察官の姿がどこにも見えないことに気がついた。
　どうして？
　ここまで走ったのに終わりじゃないの!?
　息は切れ、目には涙が浮かんでくる。
　いったいどこでゲームがクリアするのかわからなかった。
　体中に汗が滲む。
「お願い!　助けて!」

あたしは必死に叫ぶ。
その声はむなしく空中に消えていき、助けてくれる人はどこにもいなかった。
もうダメだ……。
足がもつれ、こけそうになる。
その瞬間、後方で車の急ブレーキ音と、ドンッ！という大きな音が聞こえてきた。
「え……？」
あたしは立ち止まり、ふり返る。
目の前で、さっきまであたしを追っていた男が仰向けになって倒れていた。
男は白眼をむいて額から血を流し、ピクリとも動いていなかった。
そのうしろに止まっている白い車はバンパーが凹み、男のものと思われる血がベットリとついている。
死……んだ……？
あたしの頭の中は真っ白になる。
汗はあっという間に引いていき、恐怖で体が震えた。
男は死んだ。
それなのに、男をひいた白い車からは誰も下りてこない。
大きな音がしたというのに、周囲にひと気はないままだった。
「あ……あ……」
あたしはその時、気がついてしまった。
白い車の運転席には誰も乗っていないということに。

周囲にひと気がないだけではなく、物音も風の音も鳥の声さえ聞こえてこないということに。
　それは、まるで目には見えない恐ろしい力がこの空間を作り出しているように思えた。
　あたしはその場から逃げるように細い通りへと走った。
　途端に、大通りに野次馬や報道陣たちのざわめきが蘇り、事故に気がついた人たちが「男が車に轢(ひ)かれてたぞ！」と、声を上げた。
　あたしは呆然とその場に立ち尽くし、騒ぎを聞いていた。
「芹香!!」
　和花の声が聞こえ、その姿が見えた瞬間、今までの緊張が解けたあたしは、そのまま意識を失ったのだった。

負傷レベル

　意識が戻った時、あたしはタクシーの後部座席に横になっていた。
「芹香、大丈夫？」
　和花があたしに膝枕をした状態で聞いてきた。
「和花……無事だったんだね」
「うん」
「そっか……よかった」
　和花の言葉に、あたしは深く安堵のため息を吐き出した。
「このタクシーはどこへ向かっているの？」
「病院だよ。救急車を呼ぼうと思ったけれど、いろいろと説明する必要があるからタクシーを呼んだの。病院へついてからも、本当のことは伏せておいたほうがいいかもしれないね」
　和花は運転手に聞こえないように小声でそう言った。
「そっか……」
　体を起こそうとすると、切られた左腕に痛みが走って顔をしかめた。
　でも、腕には和花のスカーフがきつく巻かれていて、もう血は止まっているようだった。
「ごめんね、和花。スカーフが汚れちゃったね」
「スカーフくらい、気にしないで。それより、病院につくまで寝てなきゃダメだよ？」

「うん、そうする」

　あたしは体を起こすことを諦めて、右手をポケットに入れた。

　すぐに携帯電話の固く冷たい感触が指先に触れる。

　あたしは一度呼吸を整えてから、携帯電話を取り出した。

　画面上に表示されている【ゲームクリア】という文字に、ホッと胸を撫で下ろす。

　だけど、そのすぐ下に【負傷レベル−1　残り9】と書かれていることに気がついた。

　あたしは見慣れない文字に眉間にシワを寄せた。

「負傷レベル……？」

　首をかしげつつ画面をスクロールさせていくと、負傷レベルについての説明が書かれていた。

【負傷レベルとは、ゲームプレイ中にプレイヤーが傷ついた時などに発生します】

【負傷レベル10の状態からプレイが開始されます】

【表示される数字の数だけ、負傷レベルは上下します】

【負傷レベルが０になった場合、プレイヤーは強制失格となり、死んでいただきます】

「何……これ」

　かすかに声が震える。

　さっきまで殺人犯に追われていた恐怖とはまた違う恐怖が、体を駆け巡る。

　あたしは何度も【死んでいただきます】という文字を繰り返し読んだ。

間違いじゃないだろうか？
　こんなこと、普通のゲームではありえない。
　いや、このゲームは普通とは違う。
　あたしが死ぬ可能性だって十分にあるゲームだ。
　と言うことは、ここに書かれている文字は脅しでもなんでもない。
　心臓がドクドクと脈打つ。
　手にじっとりと汗をかいた時、「芹香、病院についたよ」と、和花に声をかけられあたしはハッと我に返った。
　そしてようやく、携帯画面にもう何も表示されていないことに気がついたのだった。

　病院内は大勢の患者でひしめき合っていた。
　松葉づえをついた人。
　車イスの人。
　担架で運ばれていく人。
　そんな人たちの間を縫うように移動して、あたしたちは指示された病棟にたどりついた。
「芹香、大丈夫？」
「うん……なんとか」
　そう答えるけど、自分が青い顔をしていることが自分でもわかった。
　先ほど携帯画面に映った文字が、目の前をちらついていて離れない。
　出血量はたいしたことはないようだけれど、相次ぐ恐怖

で精神的に追い詰められている状態だ。
「すぐに診察してもらえるか、聞いてみようか」
　たくさんの患者さんを見まわして、和花が言う。
「ううん、大丈夫。血はもう出てないし、傷もそんなに深くないと思うから」
「本当に大丈夫？　顔色悪いよ？」
「うん。ちょっと、疲れちゃったみたい」
　そう答え、あたしは軽く笑って見せた。
　でもその笑顔も弱弱しかったのだろう、和花は余計に不安そうな表情を浮かべた。
「本当に、大丈夫だから」
　あたしは和花の手を握ってそう言った。
「そう？　無理そうだったらすぐに言うんだよ？」
　まるで母親のように心配してくれる和花に、あたしの心は少しだけホッとした。
「わかってるよ。ありがとう和花」
　さっきよりも自然な笑顔がこぼれる。
　和花もようやく笑顔になったけれど、その顔はすぐに険しいものに変わった。
「ゲームのこと、本当だったんだね……」
　声のトーンを下げて和花が言う。
「うん……」
「あたしと芹香は一緒に逃げていたのに、犯人は迷わず芹香を追いかけていった」
「あたしのせいで和花が傷つかなくてよかった」

そう言うと、和花があたしの手を握り返してきた。
「信じてなくて、ごめん」
「……ううん」
「怜央君にも、あたしからちゃんと説明してあげるよ」
「本当に!?」
　あたしは思わず大きな声を出してしまった。
　慌てて口をふさぎ、周囲を見まわす。
「うん。だって、芹香がこんな危険な目にあっているのに、放っておけないよ」
「ありがとう、和花」
　理解者ができたというだけで、あたしの心はずいぶんと軽くなった。
　一緒にゲームをしたことで、和花だって怖い思いをすることになった。
　それなのに、和花はあたしのことを放っておけないと言ってくれる。
　うれしくて涙が出そうだった。
　和花と友達で、本当によかった。
「芹香、辛かったら全部言ってね？　あたしじゃ力になれることも限られてると思うけど……」
「ううん、その気持ちだけでも十分だよ」
　あたしは力強くそう返事をしたのだった。

レベル4

　あたしの診察は15分程度で終わった。
　思っていたとおり傷口は浅く、和花が止血してくれたおかげで出血量も少なくてすんだ。
　しばらくはバイ菌などに気をつけなければいけないけれど、そんなに心配はいらないということだった。
　待合室へ戻ると、すぐに和花が駆け寄ってきた。
「どうだった？」
「心配いらないって。和花が止血してくれたおかげで貧血にもなってないし」
「そっか……よかったぁ」
　和花はそう言い、あたしに抱きついてきた。
「心配かけてごめんね」
　そう言うと、和花は抱きついたままの状態であたしを見上げてきて、
「芹香は何も悪くないからね！」
　と、言う。
「和花……」
「悪いのは、こんなゲームを作った人だよ。ゲームと現実世界を混合させるなんて、普通じゃできないことだよ！」
「……そう……だよね」
　だけど、実際にそういうことが起きているんだ。
　まるで、ゲーム自体が何かの怨霊に憑りつかれているよ

うな……。
「まさかね。そんなこと、あるはずないよね」
　自分で考えたくせに怖くなって、あたしはぶんぶんと頭を振った。
「何、どうしたの？」
「ううん。ゲームが怨霊にでも憑りつかれてるのかなーなんて、ヘンなこと考えただけ」
　和花の表情がスッと曇り、真剣な表情で、あたしの手の中にある携帯電話を見つめている。
「怨念かぁ……。そういうこと、あるかもしれないね」
「……え？」
　和花の言葉に、あたしはギョッとする。
「呪いのゲーム。映画とかドラマだけど、呪いのビデオテープとかあったじゃん。テープに怨念がこもっていて、見た人は死ぬって。だからゲームであってもおかしくないかもって……」
「呪いの……ゲーム？」
「そう。不特定多数の人に勝手に送りつけられて、プレイしなければ死んでいくとか……」
「そ……んな……」
　和花があまりに真剣な表情でそう言うから、ドクドクと心臓の鼓動が速くなっていく。
「もし、本当に誰かの怨念がこもってできたゲームなら、どんなことが起きても不思議じゃないでしょ？」
「そんな、怖いこと言わないでよ」

和花の言っていることが正しいような気がして、あたしは身震いをした。
　人間が作ったゲームじゃないとすれば、【リアルゲーム】は死者が作ったゲーム……。
　この世に未練を残して死んでいった誰かが、あらゆる人たちを道連れにしようとしているのかもしれない。
　それとも生霊……？
　そう思った時、携帯電話が震えた。
　思わず悲鳴を上げて、床に携帯電話を落としてしまう。
　病院の冷たい床に落ちた携帯電話は、その勢いでバッテリーが外れて飛んでいってしまった。
　でも……画面はついたまま。
　和花が携帯電話をそっと取り上げると、そこには【レベル4　プレイ】という文字が表示されていた。
「嘘……携帯、動いてる」
「芹香、これ、本当にヤバイよ。きっとこのゲーム、この世のものじゃないんだよ」
「そんなこと、あるはずない……！」
「でも、あり得ないことが、こんなにも起こっているんでしょう？」
　和花があたしの肩を掴んで揺する。
　呪いの……ゲーム……。
　ゴクリと唾を飲み込み、和花から携帯電話を受け取る。
　画面には、すでに次のゲームが表示されている。
　やらなきゃ……。

この世のゲームじゃなかったとしても、ゲームは続けなきゃいけない。
「ゲーム……しなきゃ」
「え？」
「ゲーム、しなきゃいけないの」
　震える声で、そう言った。
「でも、芹香。ここ病院だよ？」
「薬をもらってお会計を終わらせるまで、まだ時間はありそうだし……」
「そうかもしれないけど……」
　不安そうな表情をする和花。
　あたしだって、不安だ。
　でも、あたしがこのゲームを続けていかないと、さらにはクリアしないと、結局みんな死んでしまう。
　そうなってしまうよりは、ゲームを続けていったほうがいいと思った。
　どうして、こんなわけのわからないゲームで、大切な人の名前ばかりを書いてしまったんだろう。
　できることなら、登録画面に戻ってやり直したい。
　そんな気持ちでいっぱいだった。
　でも、この携帯電話はゲームしかやらせてくれないのだ。
　登録情報の変更はできない。
　その画面へ移動するボタンすら、存在しない。
「和花、大丈夫だから心配しないで？」
　あたしはそう言いながら、震える指先でプレイボタンを

押した……。

【院内感染からの脱出!!】
　タイトルが表示された瞬間、あたしは息をのんだ。
　院内……感染……。
　思わず、病院内を見まわす。
　来た時とたいして変わらない風景が広がっているだけで、変化は見られない。
「ねぇ、芹香。もしかして次のゲームの舞台って……」
　和花が横から画面を覗き込み、呟く。
「うん……。たぶん、ここ」
「感染って、どういうことだろう？」
「わからない……」
　あたしは首を左右に振って答えた。
　とにかく、ゲームを進めなければ何もわからない。
　あたしは画面をスクロールして院内の地図を表示させた。
　病院は、今あたしたちがいる病院と同じ12階建ての大きな総合病院。
　地図上には赤い印のついたキャラクターが何人かいる。
　自分のいる場所は今と同じ、支払いカウンターのすぐそばになっていた。
　やっぱり、間違いなくここがステージになるんだ。
　あたしはゴクリと唾を飲み込む。
　そして説明文に目を通した。
【院内感染からの脱出ゲーム】

【病院内には感染者が10人存在している。一度感染すると数秒後には発症、数分後には死に至る。恐怖のウイルスから逃げろ‼】
「数分後に死って……」
「さすがに、これは嘘なんじゃない？　現実世界にこんなウイルス存在しないでしょ？」
「そうだよね……？」
　和花の言葉に、あたしは頷く。
　そして、恐る恐るゲームを開始したのだった。

院内感染

　画面上では赤い印のついている人間が次々と血を吐き、その場に倒れていく。

　そして、今度はその近くにいた人たちに赤い印がついていった。

　この赤い印が感染しているという意味なんだ。

　あたしはどんどん感染して赤い印が増えていくのを見ながら、必死でゲーム内のキャラクターを操作した。

　出口はすぐそばなのに、さまざまな人が外へ出るのを邪魔してくる。

　やっぱりレベルが上がるにつれて、ゲームは少しずつ難しくなっているようだった。

　それでも、あたしはほんの2、3分でレベル4のゲームをクリアした。

　真っ暗になった画面を確認して、ホッと息を吐き出す。

「ゲーム自体は、結構簡単なんだよね。ゲームをしないあたしでもできそう」

　隣で見ていた和花が言う。

「うん。できると思う。でも、問題は……」

『同じことが、現実でも起こるところなんだよね』

　そう続けようとしたけれど、すぐ近くで女の人の甲高い悲鳴が聞こえてきて、あたしは口を閉じた。

「何？」

「わかんない……」
　あたしと和花は悲鳴を上げた女性のほうを見る。
　待合室でお会計の順番を待っていたみたいだけれど、その女性の顔は青ざめている。
　少し移動してその光景を見ると、女性の隣にいた男性がうずくまっているのが見えた。
　急に体調が悪くなったんだろうか？
　そう思っていると、女性の顔色はどんどん青ざめていく。
　さらに女性はその場に膝をつき、苦しそうにあえぎはじめる。
「どうしたんですか!?」
　女性と男性の様子がおかしいことに気がついた看護師さんが、走ってくる。
　ふたりの隣にしゃがみ込み、体調をうかがっている。
　すると今度はその看護師さんが青い顔をしはじめたのだ。
　彼らの近くにいた患者さんたちも、次々と血の気を失っていく。
「これって……嘘でしょ」
　和花がそう言い、あたしの携帯電話に視線を落とした。
「ゲームが……はじまってる……」
　あたしは呟くように言った。
「じょ、冗談でしょ。こんなこと、現実に起こるわけがないよ！」
　和花の声は震えている。
　あたしは無言で携帯電話をしまうと、和花の手を掴んだ。

これは冗談なんかじゃない。
　最初の男性も、ついさっき悲鳴を上げた女性もすでに生気を失い、血を吐いてその場に倒れている。
「和花、ここから出なきゃ」
　あたしは和花の腕を掴んだ。
「わ……わかってる」
　和花は震える声でそう言う。
　けれど和花は動かない。
「どうしたの？　早く出なきゃ!!」
「わかってるってば！　でも……足が動かないの……！」
　次々と倒れていく人から視線を外せないまま、和花はカタカタと小刻みに震えている。
　足が、恐怖で鉛のように重たくなっているようだった。
　動こうとしてどうにか地面から足を浮かせても、和花はそのまま崩れるように倒れてしまった。
　１歩も歩ける状態ではない。
「あ……あ……」
　そして、和花は大きく目を見開き、ポロポロと涙をこぼしはじめた。
「和花、大丈夫だからしっかりして!!」
　あたしは和花の肩を貸して、なんとか立ち上がらせる。
　周囲は悲鳴と涙にまみれていて、数分前まで存在していた秩序はすでに崩壊していた。
　感染者の血を浴びた人が助けを求めて手を伸ばす。
　その手を無視して逃げる医者。

青ざめて倒れる子どもを置き去りにし、出口へ向かって走る母親。
　何もかも、めちゃくちゃだった。
　あたしはその光景に苦痛を感じながらも、グッと歯を嚙みしめて立ち上がった。
「ちょっと待ってて！　車イスを借りてくる」
「いや！　芹香、置いていかないで!!」
「大丈夫、すぐに戻るから」
　叫ぶ和花をその場に置いて、あたしは車イスを取りに走ったのだった。

　車イスは足の悪い患者さんのために用意されているものだから、出入り口の近くにあるはずだった。
　出口へと走る人たちに押されながら、あたしは車イスを探した。
「あ……あった！」
　人々の間から見え隠れしながらも、エスカレーターの下のスペースに貸し出し用の車イスが置いてあることに気がついた。
「ちょっと……通して!!」
　あたしは声を上げながら、車イスへと近づこうとする。
　だけど、自分の命を守ろうとしている大勢の人たちに、あたしの声は届かない。
　体を押され、足を踏まれながら進んでいく。
　どうにか車イスまでたどりつき、あたしはそれを１台借

りて、すぐに和花の元へと戻っていく。
　ところが……。
　ほんの２～３分離れていただけなのに、さっきよりもひどい光景がそこに広がっていてあたしは目を疑った。
　吐血(とけつ)して倒れている人。
　白眼をむき、息をしていない人。
　そこら中に死体となった人々が転がっているのだ。
　生きた人間は死体を踏みつけながら出口へと走る。
　踏まれた死体は、口から胃の中身と血を吐き出している。
　あたりに、嘔吐感をあおるような異臭が立ち込めていた。
　すべての機能を失った院内を、呆然として見つめる。
　たった数分で、こんなことになるなんて……。
　人々の怒号(どごう)や叫び声を聞きながら、あたしは和花の元へ走った。
「和花、これに乗って!!」
　その場にうずくまり、顔を伏せている和花の肩を揺する。
「芹香……」
　ゆっくりと顔を上げた和花の弱弱しい声に、あたしはハッとした。
　顔が青白く、唇は紫色だ。
　それに顔のところどころに血がついている。
「さっき……感染した男の人があたしの目の前で吐血したの……。それが、あたしの顔にかかって……」
「和花……。大丈夫だから、早く、これに乗って！」
　なんとか車イスに乗せようとするあたしの手を、和花が

振り払った。
「いらない!!」
「……え?」
「あたしは、ここで死ぬの……」
　それは信じられない言葉だった。
　今まであたしを元気づけてくれていた和花がそんなことを言うなんて、思ってもいなかった。
　あたしは和花の言葉に絶句してしまう。
「な……なんでそんなこと言うの!?」
　ようやく、言葉を絞り出す。
　感染して、生きる気力を失っているのかもしれない。
　でも、あたしまで一緒になって諦めたらダメだ。
　今度はあたしが和花を励まさなければいけない。
　あたしは、和花の血走った目を見つめた。
　さっきまで健康的で輝いていた目は、黒く濁り充血している。
「なんでって……それはこっちのセリフよ!」
「え……?」
　和花に睨まれ、あたしはひるんだ。
　鋭い眼があたしを突き刺し、返事に詰まる。
「なんであんなゲームをはじめたのよ。ココアが死んだのだって、火事で赤ん坊が死んだのだって、ナイフで刺されて死んだかもしれない人だって、この院内感染だって……。全部あんたのせいじゃない!!」
　和花は叫んだ。

青い顔をして、もう立ち上がることもできない状態で。
　途中からボトボトと口から血を落としながら、和花は叫び続けた。
　あたしは左右に首を振りながらジリジリと後退する。
「人殺し!!　あんたは人殺しよ!!」
　和花の声を後方に聞きながら、あたしは弾かれたように出口へ向かって走った。
　和花、和花、和花……一番の親友、大切な友達。
　涙がこぼれ出して出口がぼやけて見えた。
　それでもあたしは走った。
　自分の生のために。
　倒れた人を踏みつけ、足の悪い患者を押しのけ走る。
　和花を置き去りにしたあたしは、外のコンクリートを踏みしめ風を感じた。
　次の瞬間、後方で病院の防犯シャッターが下ろされる音が聞こえてきた。
　あたしはその場に倒れるようにしてうずくまった。
　ごめんなさい……。
「ごめんなさい、ごめんなさい、ごめんなさい……」
　あたしは何度もそう言い、窓ガラスに張りついて苦痛にうめく人たちから目を背けたんだ……。

葬儀

　院内感染のことは、全国ニュースで大きな話題をさらっていった。
　短時間で感染し、死に至る。
　そんな病は今まで見たことも聞いたこともない人ばかりで、病原菌の究明にも力を入れているということだった。
　ところが、事件の翌朝のニュースによると、あれだけの感染者を出したウイルスは、どの遺体を調べても検出されなかったとか。
　感染者の体内から、きれいさっぱりいなくなっていたというのだ。
　体内からだけではなく、院内の至る場所を調べても何も見つからなかったそうだ。
　メディアは【新生命体の仕業か!?】【消えた恐怖ウイルス!!】などと書きたて、世間はその話題で持ち切りだった。
　みんな、医学が進歩すれば今回のウイルスを特定することができると思っているようだったけれど、このウイルスは二度と現れることはないと、あたしだけは知っていた。
　そして、事件から数日後。
　和花の葬儀が営まれた。
　同じ制服を着たクラスメイトたちが、すすり泣きの声を上げながら列を作っている。
　その先に、和花の両親の姿が見えた。

最近はあまり会っていなかったけれど、和花の家に遊びに行った時は、ごはんをごちそうになったり、すごくよくしてもらっていた。
　両親の前まで来たあたしは、どうしてもふたりと目を合わせることができなかった。
「芹香ちゃん、和花と一番仲良くしてくれてありがとう」
　和花のお母さんに涙ながらにそう言われた時、『和花が死んだのはあたしのせいなんです！』と、どれだけ叫びたかったか。
　全部あたしが悪いの。
　あのゲームを興味本位ではじめてしまったから、和花は死んだの。
　心の中でそう言いながらも、あたしは両親へ向かって会釈しかできなかった。
　そして、写真の中でほほえんでいる和花を見ると、死に際の苦痛に歪んだ表情が思い出された。
　和花に穏やかな死は訪れなかった。
　あのゲームに関わってしまったがために、苦しみながら死んでしまった。
　グッと噛みしめた唇から血が滲んだ。
　ピリピリとした痛みを感じる。
　でも、和花が感じた苦痛はこんなものでは足りない。
　和花だけじゃない。
　ゲームの巻き添えとなってしまった人たちの痛みを、あたしは少しもわかっていないのかもしれない。

「和花……」
　あたしは手を合わせながら呟いた。
「和花がいなくなって、あたしはひとりぼっちだよ」
　ゲームの理解者は和花だけだった。
　その和花を失った今、あたしはまたひとりで戦うことになる。
　生死の間で必死になっているあたしを見て、和花は笑うだろうか。
　『ヘンなゲームに手を出すからだよ』と、天国からあたしを見下すだろうか。
　それならそれでいい。
　見下すことで少しでも和花の気持ちが晴れるなら、あたしはもがきながら生き続けよう……。

　葬儀が終わって学校へ戻ってくると、前の席に白い菊の花が飾られていた。
　和花は、もういない……。
　透明の花瓶が、太陽の光でキラキラと輝いている。
　あたしはその花瓶を割ってしまいたい衝動にかられ、グッと拳を握りしめた。
　和花は自分が死ぬとわかった瞬間、あたしにひどいことを言ったかもしれない。
　でも、それを聞いてホッとしている自分がいた。
　もし、和花が最期まで自分の感情を押し殺し、上辺を滑るような言葉をあたしに投げかけ、ほほえみながら死んで

いたら……。

　あたしは、きっともっと後悔していただろう。

　あたしと和花の関係は、本心を言えない薄っぺらいものだったのか、と悲しんだだろう。

　だけど、和花は、最期にちゃんと自分の本心をあたしにぶつけてくれた。

『人殺し‼　あんたは人殺しよ‼』

　そのとおりだ。

　許されるものだなんて、思っていない。

　あたしは"ゲーム"という凶器で、次々と人の命を奪っているのだから。

　和花の机に飾られた花を睨みつけるようにして見ていると、教室内に怜央が入ってきた。

「怜央……」

「葬儀、行ってきたんだな」

「……うん」

　葬儀には、クラスメイトと特別仲のよかった他のクラスの数名が教員に連れられて参加していた。

　だから、怜央は参加していない。

「俺も、落ちついたら遺影(いえい)に手を合わせにいかなきゃな」

　そう言って、怜央は和花の机の花を見る。

「キレイな花だな」

「……こんなの、和花には似合わないよ」

「え？」

　思わず口走ったあたしの言葉に、怜央は目を見開く。

「和花はこんなキレイな死に方をしていない！　苦しんで、口から血を吐いて、目を血走らせて死んだの！」
　叫ぶように言いながら、あたしはバンッと自分の机を叩いた。
「芹香、落ちつけよ」
　怜央があたしの肩をつかみ、体を揺する。
　突然、大声を上げたあたしに、クラスメイトたちの視線が集まる。
　あたしは声をひそめた。
「……あたしが和花を殺したの。和花だってそう言った。あたしに向かって『人殺し‼』って……」
「芹香が人殺し？　そんなわけないだろ!?」
「そうなの……あたしは人殺しなの……」
　そう言い、あたしはポケットから携帯電話を取り出して怜央の前に突き出した。
「……このゲームで、みんなを殺してるの」
　取り出した携帯電話を見て、怜央は一瞬怒りで眉間にシワを寄せた。
　ところが、あたしの真剣な顔を見て徐々にそのシワを消していった。
「芹香……本気で言ってるのか？」
「……うん。和花も……実際に起こったこと見て、信じてくれた」
　あたしは頷く。
　怜央は少し困ったような表情を浮かべた。

「教室を出よう、ここじゃ話せない」
「……わかった」
　そろそろ担任の先生が来る時間だったけれど、あたしは立ち上がったのだった。

3章

理解者

　怜央とふたりで屋上へ出ると、湿っぽい風が吹いていた。
　また、雨が降るかもしれない。
「芹香、携帯電話を見せてくれ」
　差し出された怜央の手に、あたしは携帯電話を乗せた。
　怜央は真っ暗な画面を見つめながら、いろいろとキーを押したりしている。
「全然動かない。完全に壊れているじゃないか。バッテリーも入ってないし」
　少しホッとしたように怜央が言う。
　しかし、その時だった。
　タイミングを見計らったように携帯電話は低い音を立てて震え出したのだ。
「うわっ!?」
　怜央が一瞬飛び上がり、その拍子に携帯電話がコンクリートの上に落ちた。
　あたしは落ちついてそれを拾い上げる。
　画面上には【ゲームクリア】の文字。
「なんで急に動き出すんだよ……」
　画面を見つめて、怜央が呟く。
「いつもこうなの。こちらの意思に関係なく、ゲームが勝手に動きはじめるの」
　そう説明しながら、あたしは画面を下へスクロールした。

まだ、文字が続いているようだ。
【友人の死亡により、負傷レベル-2　残り7】
　血文字で書かれたその文字を見た瞬間、あたしの脳裏には、あたしを睨みつけてくる和花の顔が浮かんできた。
　目を背けていたはずなのにその映像はやけに鮮明で、あたしは小さく嗚咽し、その場にうずくまってしまった。
「芹香、大丈夫か？」
　怜央が心配そうに声をかけてくる。
　ろくに食事を取っていないから、口までせり上がってきたものは透明な胃液だけだった。
　怜央に強く背中をさすってもらいながら、数回吐き出してようやく落ちついた。
「見たでしょ、今の文字……。あたしが和花を殺したの」
　口元をぬぐい、あたしは言った。
　今までゲームと現実世界がリンクしていることを"偶然だ"と言いきっていた怜央だったけれど、「何があったのか、詳しく聞かせてくれ」と、言ったのだった。

　ココアが死んだ時のことは話してあったので、再び迷路でのこと、そして……レベル3の殺人者から逃げるゲーム、までを順番に話して聞かせた。
「ナイフで切られたって!?」
　レベル3の話の途中で、怜央が声を上げた。
「うん。これがその時の傷」
　そう言い、あたしはブラウスの袖を少しずらして包帯を

見せた。
　あたしの左腕に残っている傷。
　それは紛れもなく、【リアルゲーム】が存在しているという証拠だった。
「本当かよ……」
　怜央は、あ然とした表情で呟いた。
　すべての出来事が、あたしのゲームと通じていること。
「和花が死んだのは、レベル４のゲームの時だよ」
　時々体を震わせ嗚咽を交えながらも、なんとか怜央に話しきることができた。
「……偶然だと、思っていた……」
　怜央はまだ信じられない、という表情をしていたけれど、実際に目の前でバッテリーの入っていない携帯電話が動いたこと、ゲームと現実が繋がっていることであたしの言葉を信じてくれたみたいだ。
「……ゲームを続けなきゃ、次は怜央が死んでしまう。でも、きっとゲームをしても他の誰かが死んでしまうの」
「そんな……」
　怜央が、あたしの肩を優しく抱き寄せる。
　傷がまだ少し痛んだけれど、あたしは黙っていた。
「あたし、どうしたらいい？」
　ジワリと涙が浮かんできて視界が滲んだ。
　和花の葬儀中、あたしは泣くことができなかった。
　あたしのせいで和花が死んだのに、泣くなんて身勝手だと思った。

でも……。
　怜央の腕に包まれていると、涙が自然と溢れ出てきた。
「大丈夫だよ、芹香。ゲームについて少し調べてみよう」
「調べるって……？」
「もしかしたら、他にも同じ経験をした人がいるかもしれない。その中にはクリアした人がいるかもしれない」
「……怜央……」
　あたしは怜央の言葉に驚いていた。
　【リアルゲーム】をプレイした人が他にもいる？
　そんなこと、考えたこともなかった。
　そんな人、本当にいるんだろうか？
　こんな経験をした人が、あたし以外にも……？
「大丈夫だ、心配するな。芹香は、とにかく自分の身を守ることを一番に考えるんだ」
「自分の身を守るって……それって……」
「……ゲームを続けるんだ」
「怜央……」
　風がいっそう強くなり、校庭に立つ木が大きく揺れる。
「他人の命に構っている暇はない」
「でもっ……」
「頼むから!!」
　あたしの言葉を怜央はさえぎり、再びあたしを強く抱きしめた。

ブログ

　それから、怜央とあたしは早退して怜央の家に来ていた。
　次のゲームがいつはじまるかわからないから、すぐにでもゲームについて調べる必要があると判断した。
　怜央の家は共働きなので、この時間は誰もいない。
「とりあえず、インターネットで調べてみよう」
　リビングに入って右手に置いてあるパソコンデスクに座り、怜央はすぐにパソコンの電源を入れた。
「ゲームの名前はなんだっけ？」
「【リアルゲーム】」
　あたしがそう言うと、怜央は検索画面でその名前を打ち込んだ。
「結構たくさん出てくるな……」
　【リアルゲーム】で検索すると、３千万件のサイトがヒットした。
　けれど、それのほとんどが家庭用ゲームで発売されている商品のサイトみたいだ。
「この中から探すの？」
　あたしは怜央の隣にイスを持ってきて座り、横顔をジッと見つめる。
　正直、３千万件なんて調べるのにどれほど時間がかかるか想像もできない。
　他に【リアルゲーム】をプレイした人がいるかどうかも

わからない中、全部を探すのは不可能だと思っていた。
　だけど、怜央に迷いはなかった。
「あぁ。時間はかかるかもしれないけど、やってみよう。それらしいサイトがあったら、言うんだぞ？」
「……わかった」
　あたしはそう答え、画面に集中したのだった。

　それから２時間後。
　あたしの知っている【リアルゲーム】に関する情報は、まだ出てきていなかった。
　あたしと同じ経験をしている人がいたとすれば、ずいぶんと気持ちがラクになるのに……。
　でも、これだけ探しても見つからないということは、やっぱり経験者なんていないのかもしれない。
　いたとしても、ゲームについて書き残すほど、余裕はないんじゃないだろうか。
　このゲームは私生活をすべて投げ打ってプレイしなきゃいけないものだ。
　あたしなら、サイトを作るような気にはなれない。
　そんな気持ちになっていた時だった。
　怜央がひとつのブログに目を止めた。
　ブログタイトルは【リアルゲームの恐怖の日々】
　そのタイトルからは、今まで見てきたサイトとは違う緊迫した雰囲気が滲み出ている。
「これって、もしかして……」

あたしと怜央は目を見交わす。
「あぁ。芹香と同じゲームのことかもしれない」
　怜央はそう呟くように言いながら、ブログの最初のページを表示させた。
　一番最初に書かれていたのは、ブログを書いている人物のプロフィールだった。
　年齢、平成〇年生まれの16歳。
　ハンドルネームｓｅｉ
　同じ県内に住む高校生だ。
　ブログは半年前から更新が止まっていたけど、同級生だということがわかった。
「この人、あたしと同じ高校２年生なんだ……」
「そうだな。それだけでもゲームをしている者同士の共通点として覚えておいたほうがいい」
　怜央が言い、あたしは頷く。
　簡単な自己紹介文のあとから、ｓｅｉのブログがはじまっていた。

　数日前、携帯電話が壊れた。
　急に調子が悪くなり、真っ暗になって動かなくなってしまったのだ。
　最近はスマートフォンが普及してきているし、壊れたなら買い替えればいいと思っていた。
　でも……。
　携帯ショップへ行く途中、壊れたはずの携帯電話がズボ

ンのポケットの中で震えたんだ。
　もしかしたら直ったのか？
　そう思って携帯電話を取り出してみると……画面に、リアルゲームの【登録画面】が表示されていたんだ。
　最初は、壊れたのが原因でヘンなサイトに繋がってしまったのだと思った。
　でも……それは違ったんだ。
　ゲームは俺を選んだんだ。
　携帯電話は壊れてなどいない。
　このリアルゲームに乗っ取られてしまったんだ。
　俺は慎重なほうだから、見知らぬゲームに登録なんてしない。
　携帯ショップに行く途中だったのだから、下手にいじらないほうがいいとも思っていた。
　それなのに……。
　登録画面を放置したまま歩いていると、携帯電話はまた震えはじめた。
　いったいなんなんだ？
　そう思い、俺はもう一度画面を見た。
　するとそこには……登録を完了させるまでのカウントダウンが出ていたんだ。
　血のような文字で、どんどん数字は減っていく。
　その数字の下には、
【このゲームはあなたを選びました】
【登録は強制です】

【登録のカウントダウンが０になった場合、あなたは死にます】

そんな文章が書かれていたんだ。

俺は眉間にシワを寄せながらも、子ども騙しの悪質なサイトだと思った。

こうやって恐怖心を与えて登録させるのだろうと。

どう考えても詐欺だった。

騙されちゃいけない。

そう思っていた。

でも、どんどん減っていく数字に俺は釘づけになった。

これが０になると、俺は死ぬ？

そんな、バカな話あるわけないじゃないか。

そう思っていたのに、指は自然と登録情報を入力していた。

最初の１文字を入力すると、あとは夢中になって入力をした。

そしてカウントダウンが１になった時、俺はギリギリでゲームの登録を終えたのだ。

これが、リアルゲームのはじまりだった……。

「登録の、カウントダウン……」

そんなことがあったなんて。

あたしは自分の体を両手で包み込んだ。

手足がひどく冷たくて、胸がギュッと圧迫されている感覚だ。

「大丈夫か、芹香？」

「うん……大丈夫」
　自分以外にも、【リアルゲーム】を知っている人がいる。
　しかもこのブログには、ゲームが人を選ぶのだと書いてあった。
　もしこれが本当だとしたら、あたしはｓｅｉと同じように選ばれたことになる……。
「このブログは俺が全部読んでおく。今日はもう遅いから、送るよ」
　気がつけば日は落ちかけていて、薄暗くなりはじめている。
　怜央はｓｅｉのブログをお気に入りに入れて、パソコンをシャットダウンした。

レベル5

　怜央が玄関を開けると小雨が降っていた。
「遊園地の時みたいにスコールに変わるかもしれない。早く行こう」
　下駄箱から傘を2本取り出して、怜央が言った。
「怜央、雨になったら帰るのが大変だから、ひとりで大丈夫だよ？」
「何を言ってんだよ。こんな時に放っておけるかよ」
　怜央はそう言い、あたしの髪に指をからませた。
　その指先はとても温かくて、あたしは思わず笑顔になる。
「ありがとう、怜央」
「あぁ。行こう」
　怜央に手を引かれ、あたしたちは外へ出た。
　ふたりで傘を差して歩いていると、まるで全部が夢だったんじゃないかと思えてくる。
　ココアのことも、和花のことも。
　ゲーム前のあたしたちに戻ったような気分になる。
　それはほんのひと時、心が解放される時間だった。
　最近あまり話ができていなかったから、その溝を埋めるように会話は弾んだ。
　楽しい時は過ぎていくのがあまりにも早い。
　そのせいか、あたしの家まではあっという間だった。
　家の前まで来て立ち止まり、怜央を見る。

「ありがとう、怜央」
「あぁ。たいした雨じゃなくてよかったな」
「うん」
　パラパラと降っていた雨はいつの間にかやんでいて、あたしは怜央に傘を返した。
　なんとなく、このまま家に入ってしまうのがもったいないような気がしてくる。
　もう少し、怜央と一緒にいたい。
　そう思っていたのは怜央も同じだったらしくて、「家、上がってもいいか？」と、聞いてきた。
「もちろん。どうぞ、上がって」
　うれしくて、ほほえみながら玄関のドアノブに手をかける。
　ところが、いつもこの時間なら開いているはずの玄関のカギが今日は閉まっていたのだ。
「あれ？　お母さん、出かけているのかな？」
　呟きながら、あたしはカバンの中から家のカギを取り出した。
「家、誰もいないのか？」
「そうみたい」
　答えながら、カギを開けて玄関に入る。
　やっぱりお母さんの靴はないようだ。
「誰もいないのに、勝手に上がって大丈夫か？」
　怜央が心配そうにそう言うから、
「今さら、何を遠慮しているの？」
　と、あたしは笑う。

お父さんもお母さんも怜央のことはよく知っているし、信用している。
　勝手に遊びに来たからといって、怒ったりはしない。
「じゃぁ、お邪魔します」
「どうぞ」
　２階のあたしの部屋へと移動すると、怜央はすぐにあたしのベッドに寝転がった。
　家に入るまでは遠慮がちだったのに、この部屋はずいぶんと落ちつく場所らしい。
　あたしはベッドの端に腰をかけた。
「なぁ、芹香」
「何？」
「ごめんな」
「え？」
　怜央の手があたしの腰にまわった。
「最初、ゲームのこと信じてやらなくて、ごめん。辛かったろ？」
「……ううん、大丈夫」
　あたしは横に首を振る。
　確かに最初は辛かった。
　でも、否定してくれたことで救われてもいた。
　ただの偶然だって思うことで、心が軽くなったから。
「これからは、ちゃんと信じるから」
「ありがとう、怜央……」
　胸の奥が温かくなった時、ポケットの中の携帯電話が震

えはじめた。
　あたしと怜央は、ハッとして顔を見合わせる。
「俺がいるから大丈夫だ」
「……うん」
　小さく頷き、あたしは携帯電話を取り出した。
　画面上には、【レベル５　プレイ】の文字。
「試しに俺がやってみようか」
「え、怜央がやるの？」
　あたしは驚いて怜央を見る。
　怜央は真剣な顔でうなずいた。
「あぁ。どんなものか見てみたいし」
「でも、それで怜央が危険な目にあったら……」
「そんなこと、気にしなくていい」
　そう言うと、怜央はあたしの手から携帯電話を取り上げた。
　あたしが止めようとするのも聞かず、すぐにプレイボタンを押す。
　しかし、画面は反応しなかった。
「あれ、おかしいな……」
　何度もプレイボタンを押すが、やっぱり画面は先に進まない。
「……あたしじゃないと、プレイできないのかも」
　さっき読んだブログには、『このゲームはあなたを選びました』と書いてあった。
　ゲームに選ばれたのは怜央じゃない。
　選ばれたのは……あたしだ……。

あたしは、そっと怜央の手から携帯電話を受け取った。
そして、プレイボタンを押す。
案の定、ゲームはいつもどおりはじまった。
「ほら……ね。ハハッ……。あたしじゃないとゲームは反応しないんだ」
「このゲーム。人を見てるってことか？」
怜央はそう言い、画面を覗き込んできた。
画面上に、表情を歪めた怜央とあたしの顔が映り込む。
ふたりとも今にも泣き出しそうになっているのに気がついて、あたしはスゥッと息を吸い込んだ。
「次のゲームは【悪魔からの逃亡】かぁ。"悪魔"って、なんのことだろうね？」
そして、わざと笑顔を作り明るく言って、怜央を安心させようとした。
ところが……。
画面上に映し出された家の間取り図には見覚えがあり、あたしの顔から、すぐに笑顔は消えた。
「芹香、これって……」
怜央もそれに気がついたらしく、あたしの顔を見た。
「……この家……だよね」
あたしは震える声で答える。
そう。
画面に表示されているのは、間違いなくあたしの家の間取り図なのだ。
玄関の位置も、キッチンの位置も、和室の位置も、すべ

て一致している。
「この家のどこかに、"悪魔"がいるってことなのか……？」
「そんな、まさか……」
　そんなこと、あるはずない。
　家にはあたしたち以外に誰もいないし、玄関のカギもちゃんと閉めている。
　もし、何かが入り込んでくれば物音でわかるはずだった。
　あたしは、画面上で赤く塗り潰されている場所をジッと見つめた。
「この赤く塗り潰されている場所……あたしの部屋なんだけど……」
「どういうことだよ、それ……」
　怜央は首をかしげて聞いてくる。
「殺人者から逃げる時は殺人者が赤く印されて、院内感染の時は感染者が赤く印されていたの。あたしの部屋が赤くなっているということは、この部屋のどこかに"悪魔"が潜んでいるかもしれないってことだと思う」
　あたしは、そっと画面上の赤い部屋を指でなぞる。
　あたしの推測はきっと当たっている。
　でも、この部屋にはあたしと怜央しかいないのに……。
　そこまで考えて、ハッとした。
「まさか……」
「どうした？」
　あたしは怜央の問いに返事をせず、天井を見上げる。
　怜央もつられて天井を見上げた。

「屋根裏……？」

「……そうかもしれない」

　この部屋に、生き物が入り込んでいれば気がつくはずだ。

　それに、"悪魔"と表現されるくらいだから、そんなに小さな生き物じゃないと思う。

　そうなると、屋根裏にいるとしか考えられない。

「……とにかく、ゲームをしなきゃ」

　ゲームはすでにスタートしている。

　あたしは画面に視線を移したのだった。

悪魔退治

　レベル5のゲームも、あたしは簡単にクリアすることができた。
　攻撃しながら追いかけてくる形のない真っ赤なモヤから、身を守りながら逃げるゲーム。
　家の外まで逃げ切ればゲームクリアだ。
　それならいっそ家の外でゲームをプレイしようかと考えたけど、そんなずるいことをしたらどうなるかがわからない。
　次に死ぬのは恋人、怜央なのだ。
　うかつなことはできなかった。
　あたしはゲームをクリアしてから、すぐに立ち上がった。
「怜央、逃げよう」
「あ、あぁ」
　怜央は何度か瞬きをして、ベッドから立ち上がる。
　その顔は、まだリアルゲームの恐ろしさを理解していないようだった。
　でも、仕方がないことだった。
　怜央は、まだゲームのリアルを経験していない。
　携帯電話の画面上でクリアしたゲームが、すぐにリアルで再現されることもある、とうことを知らないから。
　だから、これは一刻を争うゲームでもある。
　もたもたしているうちに、今こうしている間にも"悪魔"

は確実に近づいてきている。
　あたしは怜央を促し先にドアへと向かった。
　ドアノブに手を触れると、それは想像以上に冷たくてあたしは手を引っ込めてしまった。
　嫌な予感が胸をよぎる。
　このドアを開けないほうがいいと、シグナルが送られてくる。
　ドアを開けた瞬間に襲いかかってくる"悪魔"が、脳裏をよぎった。
「芹香、どうした？」
　躊躇して立ち止まっていると怜央が聞いてきた。
　あたしはその声にハッと我に返る。
「……なんでもない」
　あたしはそう返事をして、再びドアノブへと手を伸ばしてドアを開けた。
　ところが、廊下には想像していたような"悪魔"の姿は見当たらず、あたしはホッと胸を撫で下ろした。
「何もないみたいだな」
　怜央が、うしろからそう言った。
「うん」
　今のうちに外へ出よう。
　そう思い、歩き出した時だった。
　２階へ上がってすぐのところには、屋根裏へと続く扉と階段がある。
　その扉が勢いよく開いたのだ。

廊下側からしか開かないようにできている扉は強引に壊され、バラバラと木くずが飛び散る。
「きゃぁ！」
　悲鳴を上げ、怜央の腕にしがみつく。
　やっぱり、"悪魔"は屋根裏に潜んでいたのだ。
「誰だ!?」
　恐る恐る顔を上げると、怜央があたしの前に立ち、盾になってくれていた。
　怜央の肩越しに、髪の長い汚れた白い服を着た見知らぬ男が見えた。
　あれが"悪魔"……!?
　口から顎(あご)にかけて何カ月もそっていないようなヒゲを生やし、ボサボサの頭にはホコリと木くずが絡みついている。
　まるで、ずっと家の屋根裏に潜んでいたような様子だ。
　そして手には、扉を壊すために使ったのだろう錆(さ)びた工具が握られていた。
　伸びた前髪のすき間から、ギョロリと鋭く光る男の目が見える。
　しかも、その目は怜央を通りすぎ、あたしをまっすぐ見つめていて……。
　ドクンッと心臓が跳ねる。
　これは、あたしのゲーム。
　怜央に頼ってはいけないんだ……。
「怜央、あたし……」
「芹香に近づくな!!」

あたしの言葉をさえぎり、怜央が怒鳴り声を上げた。
すると、"悪魔"の視線があたしから怜央に移る。
いけない！
そう思っても、遅かった。
武器を持っている"悪魔"に向かって、怜央は走り出していたのだ。
「怜央‼」
叫び声を上げるあたし。
だけど怜央は止まらない。
狭い廊下で揉み合いになるふたり。
すぐそばに１階へと続く階段があるから、そのたびに、どちらかが落ちそうになる。
"悪魔"が持っている工具が床や壁にぶつかり、ガツンッ！と音を立てた。
工具が当たった壁はパラパラと崩れ、大きな穴が開いた。
"悪魔"が、さらに工具を振り上げる。
「危ない‼」
あたしがそう叫んだのが先か、"悪魔"が怜央へ向けて工具を振り下ろしたのが先か……。
怜央がとっさに左腕で自分の顔をガードすると、その腕に工具がぶつかった。
「……っ‼」
顔を歪め、痛みに耐える怜央。
腕の骨がビリビリと痺れるように痛いはずだ。
もしかしたら、折れているかもしれない……。

「怜央、もうやめて！」
　しかし、あたしの声は怜央の耳に入らない。
　完全に理性が飛んでしまった怜央は、力任せに"悪魔"を突き飛ばした。
　すると、"悪魔"は体のバランスを崩し、工具を空中へ放り投げるようにして階段を落下していった。
　工具が、それを追うようにして落ちていく……。
「……!!」
　突然のことに、あたしは声を上げる暇さえなかった。
　"悪魔"の体はあっという間に階段の下まで転げ落ち、その頭に工具が鈍い音を立てて直撃。
　恐る恐る怜央の隣に立ち、転落した"悪魔"を階段の上から呆然として見つめるあたし。
　"悪魔"はピクリとも動かない。
　赤い血が、頭部からジワジワと出てくるのが見えた。
「嘘……」
　両手で口を覆い、その場にしゃがみ込んでしまう。
　こんなことになるなんて……。
　とてもじゃないけど立っていられない。
「芹香はここにいろ」
　肩で息をしながら、怜央は言った。
「怜央……」
　階段を下りていく怜央の背中が、涙で歪んだ。
　ただ、家の外へ逃げればよかっただけなのに。
　それだけでクリアだったのに。

なんで、こんなことに……!!
「まだ息はある。救急車を呼んで警察に連絡しよう」
　落ちついた怜央の言葉が、どこか遠くで聞こえているような気がした……。

恐怖のリトライ

 その後、あたしの家は騒然となっていた。
 怜央が警察と救急車を呼び、あたしは怜央に促されて、お母さんに連絡を入れた。
 梅雨の晴れ間を見計らって買い物に出ていたというお母さんは、すぐに戻ってきてくれた。
 変わり果てた家の様子にあ然としながらも、あたしにケガがないとわかると安心した表情を浮かべた。
 救急車とパトカーが到着すると、騒ぎを聞きつけた野次馬たちがわらわらと家の前に群がり、まるで砂糖菓子にたかるアリのような状態だった。
 あたしと怜央はいったん警察署へ行き、別々に事情聴取を受けた。
 あたしは1時間ほどで終わったものの、犯人と揉み合いになり、階段から突き落としてしまった怜央は、すぐに帰ることはできないようだった。
 "悪魔"は7年前に隣の県で強盗殺人を犯し、ずっと逃走していた犯人だった。
 7年もの間、人の家に侵入し屋根裏などに身を隠しながら生活していたのだそうだ。
 "悪魔"はまだ意識不明の状態で、下手をすると怜央は傷害罪として罪に問われてしまうというのだ。
「怜央は正当防衛じゃないの!?」

事情を説明してくれた警官にそう言ったけれど、その警官は「こればっかりはどうしようもない」と、首を横に振るだけだった。

　お母さんが迎えに来て警察署から帰るまでの間、涙が止まらなかった。

　傷害罪……。

　あたしのせいで、怜央が犯罪者になってしまうかもしれない。

　怜央の優しさに甘えて、あんな危険なゲームを一緒にプレイさせてしまったからだ。

　和花の時だって、あたしがゲームに誘ったからあんなことになってしまった。

　それなのに、また繰り返してしまった。

　悔しくて、涙は次から次へと溢れ出した。

　それは止まることのない湧き水のように、あたしの意思に関係なく流れ続けた。

「芹香、ついたわよ」

　お母さんに支えられながら、なんとか車から出る。

　帰ってきたのは見慣れた家。

　すでに部屋の中は片づき、帰ってきていたお父さんが心配そうな顔で出迎えてくれる。

　でも、そこへ１歩足を踏み入れた瞬間、すさまじい嫌悪感が体を覆い尽くした。

　全身の毛穴という毛穴が開き、ゾワゾワと背筋に無数の虫が走る感覚……。

階段から落下し、血を流す"悪魔"の姿が鮮明に思い出された。
「うっ……」
　その瞬間、強烈な吐き気がして、あたしは手で口を押さえながらトイレへと走った。
　便器に顔を突っ込み、胃の中身を全部吐き出す。
　そんなあたしの背中を、お母さんが優しくさすってくれていた。

　１日でいろいろなことが起こりすぎて疲れていたせいか、気がつけばリビングのソファで眠っていた。
　さすがに自室で寝起きする気にはなれず、しばらくは２階へ上がることさえ憂鬱だ。
　両親もそれがわかっていたから、起こさずにいてくれたのだろう。
　あたしの体には、毛布がかけられている。
　リビングに両親の姿はなく、キッチンの常夜灯がついているだけだった。
　窓の外は真っ暗だった。
　リビングの壁時計を見ると、夜中の１時。
　頭が重く、頬には、涙が乾いたあとの皮膚の突っ張りがあった。
　寝転がったまま、何気なく天井に目を向けた瞬間、怜央や和花のこと、そしてココアや亡くなった人たちのことを思い出し、また涙が溢れてくる。

みんなが犠牲になっていく。
なのに、あたしはこうして家にいる。
自分が普通に生活をしていることに、嫌気がさしてくる。
いっそ死んでしまいたい。
あたしが死ねばゲームオーバーだ。
あたしはキッチンへと続くドアを見つめた。
今ここで包丁を手首に押し当てて引けば、あたしは簡単に死ねるんじゃないかな？
そんな歪んだ思いがふつふつと湧いてくる。
もう、疲れてしまった。
何もかもが嫌だった。
その時だった。
こんな真夜中なのに、携帯電話が震えはじめた。
あたしは体を起こして、ソファ前のテーブルに置いてあった携帯電話に手を伸ばす。
【ゲームクリア】の文字が出ているのだろうと思っていたから、警戒していなかった。
しかし、表示されている文字にハッと息をのんだ。
【レベル5　他人の手助けがあったため、強制リトライ】
「嘘……でしょ……？」
携帯電話を持つ手が震える。
恐怖や怒り……いろいろな感情が混ざり合って、体中の力が携帯電話を持っている手に伝わる。
強制リトライ……。
怜央があそこまでしてくれたのに。

怜央が危険を顧みず助けてくれたのに。
　あたしをかばってくれた怜央の背中を思い出す。
「バカにしないでよ‼」
　あたしは思わずそう叫んでいた。
　悔しくて苦しくて、携帯電話を床へ叩きつけて嗚咽した。
　散々泣き尽くしたはずなのに、涙はまたとめどなく溢れはじめた。
　なんなのよ……。
　なんなのよ、なんなのよ、なんなのよ‼
　ソファに座ったまま子どものように地団太を踏み、両手で髪をかき乱した。
　狂ってしまいそうな状況の中、あたしは小さな物音に気づいた。
　──コトッ。
　リビング続きの和室で、何かが床へ落ちたような音がした。
　和室のふすまは閉められていて、中の様子はわからない。
　ふすまはいつも開けっぱなしだけど、今日はあたしがソファで寝ていたから、閉めたのかもしれない。
　それにしたって、両親は１時間前くらいまでリビングにいたはず。
　そのすきに誰かが……？
　あたしは、そっと和室のほうへ視線をやる。
　体中から汗が噴き出す。
【強制リトライ】
　その文字が、何度も脳裏を通りすぎていく。

あたしは、ジリジリと近づいてくる恐怖心を痛いほど感じていた。
　その恐怖から逃げるように、あたしは息を潜め、そっとソファから立ち上がった。
　両親を起こさなきゃ……。
　キッチンの常夜灯と外からの明かりだけを頼りに、あたしは寝室へと向かう。
　そっと、物音を立てないように……。
　隣の部屋にいる"悪魔"に気づかれないように……。
　玄関へと通じる廊下側の扉を開けた時だった。
　スゥ……と、ふすまが開く音がリビング内に響いた。
　あたしはドアノブに手をかけたままの状態で硬直し、うしろにいる"悪魔"を気配だけで感じ取った。
　振り返っちゃダメ……。
　逃げなきゃ……。
　両親を起こさなきゃ……。
　そう思うのに、足がすくんで動かない。
　恐怖がガッシリと足を掴んでいた。
　和花が病院内で動けなくなった時と、まったく同じ状況だった。
　しかも、あたしの首から上はまるで別の生き物になってしまったかのように、ゆっくりうしろを振り向き……。
　……"悪魔"と目が合った。
　"悪魔"は黒い服を着ていて、手に鉄パイプのようなものを持っていた。

見開かれた目。
　ニタリと笑う口元。
　"悪魔"の息づかい。
　明かりがほぼない状態だというのに、はっきりと見え、すべてがあたしの体に絡みついてくるようだった。
　呼吸は乱れ、血が一斉に体外へ排出されていくような感覚。
　目の前が真っ白になり、気絶できたらどれほどよかっただろうか。
　でも、ゲームはそんなこと許してくれない。
　あたしは弾かれたようにリビングを出て玄関へ走った。
　"悪魔"が追いかけてくる。
　早く逃げなきゃ!!
　そう思えば思うほど気持ちは焦り、なかなか玄関のチェーンが外れない。
　ガチャガチャとチェーンを引っかきまわしているうちに、背後にどす黒い"悪魔"の気配を感じ、勢いよく振り返った。
　すぐうしろに、鉄パイプをこちらへ向けて振り上げている"悪魔"。
　その顔は不気味に笑っていて……。
「やっ……」
　あたしはとっさに、手に触れたものを握りしめていた。
　それは怜央が置いていった傘だった。
　あたしはそれが傘だという認識を持つ前に、振り上げていた。
　そして次の瞬間……あたしが振りまわした傘が"悪魔"

の右目に突き刺さった。
　"悪魔"は「ぎゃあ！」と悲鳴を上げ、その場に尻もちをついた。
　傘が突き刺さった右目からは噴水のように血が噴き出し、それは両手で覆っても、とても止血できるようなものではなかった。
　しばらくその悪夢のような光景に身動きひとつできない状態だったけれど、ハッと我に返り外へ出た。
　外の空気はジメジメしていて、気持ちが悪い。
　汗が流れるのを背中に感じた。
「これで……ゲームクリア？」
　呟いたその時、頭上で両親の寝室に明かりがつくのが見えた。
　ようやく、家の中の異常に気がついたのだろう。
　両親が起き出してきて、家の中が騒がしくなる。
　あたしはその場に膝をつき、脱力した。
「終わった……」
　そして、そう呟きホッと息を吐く。

休学

　それから朝まで、あたしたち家族はまったく眠ることができなかった。
　夕方頃に事件のあった家で、また同じような事件が起きたということで、警察からは散々事情聴取を受けた。
　何度も同じことを繰り返し説明するたびに、あたしの中でついさっき起きた事件が、まるで遠い昔に起きた事件のような気になってきていた。
　それほど精神的に辛く、長い時間だった。
　そして、リトライのゲームで家に入り込んでいた男はあたしと同い歳だったということがわかった。
　男は数カ月前から家に戻っておらず、学校にも行かず、悪い友人たちの家を転々としていたらしい。
　昼間の騒ぎの時にあたしの家の前を通り過ぎた少年は、興味本位で忍び込んだのだそうだ。
　少年は今までにも何度も悪事を繰り返していたらしく、他人の家に忍び込むことも、今回が初めてではなかったようだ。
「戸じまりをしていても狙われやすい家はありますから、気をつけてくださいね」
　ようやく解放された時にそう声をかけてくれた警官がいたことが、唯一の救いだった。
　家に帰った時はすでに日が昇っていて、お父さんは朝食

もとらずに仕事へ行った。
　そしてあたしは……。
　リビングの床に投げっぱなしになっていた携帯電話を拾い、見つめた。
【ゲームクリア】
　いつもの血文字が浮かんでいる。
　あたしは、ただボーッとその文字を見つめていた。
　もう、何もかもが嫌だった。
　どうしてこのゲームをしなきゃいけないのか、どうしてゲームはあたしを選んだのか……。
　謎(なぞ)がたくさんありすぎて、考えることもおっくうになっていた。
「芹香……学校、どうする？」
「……え？」
　お母さんの言葉に、あたしは首をかしげた。
「いろいろあって疲れているでしょう？　今日くらい休んでいいのよ？」
　それは、思いもよらぬ言葉だった。
　でも確かに、今のあたしにとって、学校に行くことは重荷だった。
　みんなにも、あれこれ聞かれそうだし……。
「お母さん、あたし……」
「休む？」
　優しい笑顔のまま、そう聞いてくる。
「……しばらく休学したい」

そう言うと、お母さんは驚いたように目を見開いた。
「休学？」
「お願い、少しでいいの。落ちついたら、またちゃんと学校に行くから」
　あたしは必死にそう言った。
　それに、考えることはひとつに絞りたい。
　今は学校じゃなく、【リアルゲーム】のことを考えたい。
　そして、次の犠牲者が出る前に解決したい。
　怜央が見つけてくれたあのブログ。
　きっと、あれが何かの手がかりになる。
　うまくいけばｓｅｉとも接触できるかもしれない。
「……わかったわ。今晩、お父さんと相談しましょう」
「……ありがとう」
　あたしはホッとして、ほほえんだのだった。

　この日、あたしは１日パソコンに向かって、ｓｅｉのブログを読んでいた。
　ｓｅｉは、あたしと同じようにゲームをはじめた。
　次々に襲いかかってくるゲームは、あたしと同じ【脱出ゲーム】【救出ゲーム】【逃走ゲーム】の、どれかだった。
　ただ、違うのはゲームの内容だった。
　あたしの場合、レベル１は火事から赤ちゃんの救出だったが、ｓｅｉは火事からの脱出だった。
　突然、自分の通院していた病院が火事になった、と書いてあった。

その火事について調べてみると、ｓｅｉが書き込んでいたのと同じ時期に、小さな病院で火事が起こっていたことが、ニュースになっていた。
「ｓｅｉも、ゲームとリアルがリンクしている……」
　驚いたのは、ｓｅｉはレベル１からちゃんとゲームをクリアしていることだった。
　次々とゲームをクリアしているため大切な命は１つも奪われてはいない。
　ｓｅｉは、すぐにこの偶然をただの偶然ではないと感じたらしい。

　このゲームは、現実世界でもまったく同じような出来事が起こるようになっている。
　つまり、俺がゲームを失敗すれば、大切な命がひとつずつ消えていく。
　そういうことなんだと思う。

　単調に書かれた言葉を読む。
　ｓｅｉのブログはいつも冷静だった。
　レベル５、レベル６と、どんどん進んでいっても、あたしのようにパニックになった状態を、ブログ内で見せることはなかった。
　まるで、ゲームの傍観者のようだった。
　そして、ついにブログは最後のページになった。

今日、レベル10をクリアした。
　どうやらゲームはレベル10で終了のようだ。
　すべてのゲームが終わったあと、携帯電話は光を取り戻し、本来あるべき姿へと戻ったようだ。
　それにしても、このゲームはいったいなんだったのだろうか？
　死と隣り合わせのゲーム。
　プレイする人間を選ぶゲーム。
　リタイアできないゲーム。
　まるで拷問のようだった。
　でも、俺はゲームをクリアした。
　中には、このゲームをクリアできず、大切な人を失い、そして自分も死んでしまったヤツもいる。
　ｔａｍａだ……。
　ｔａｍａの葬儀は明日。
　俺は出席する予定だ。

　最後のページを、あたしは何度も読み返した。
　ゲームはクリアされている。
　ブログはあっけないと思えるくらい、すんなりと終わってしまい、あたしは眉間にシワを寄せた。
　これは本当にあたしが経験している【リアルゲーム】なんだろうか？
　ｓｅｉは【拷問のようだった】と書いているけれど、文面からそんな様子はまったく伝わってこない。

それに、一度も失敗せず、【強制リトライ】もさせられていないということも、あたしにとっておかしかった。
　ｓｅｉとは違い、ｔａｍａという人物はゲームを失敗し、死んでしまったようだ。
「でも、ふたりも【リアルゲーム】を知っている人がいたってことだよね……!?」
　しかもひとりはクリアし、今も生きているはずだ。
　ｓｅｉという人に連絡が取れれば、何かがわかるかもしれない。
　正直ｓｅｉのブログは信用に欠けると思った。
　だけど、何もせずにゲームを続けるくらいなら、一度連絡をとってみようと思った。
　あたしはブログのトップ画面へと移動して、一番下に書かれている【メール】というボタンをクリックした。
　メールが送信できる画面へと切り替わる。
　あたしは自分も【リアルゲーム】をプレイしていること。
　このままゲームを続けるしかないのかという疑問を書き、送信ボタンを押した。
　返信が来るかどうかはわからないけれど、あたしはホッと息を吐き出す
　あたしは、真っ暗な闇の中、小さな光を見つけた気がしたのだった……。

レベル6

　お母さんが、お父さんにあたしの休学のことを相談した結果……。
　いろいろなことが立て続けに起こっていることを考えると休学も必要かもしれない、という結論にたどりついた。
「学校側にはお父さんとお母さんからちゃんと説明しておくから、お前は今後のことをよく考えなさい」
　夕飯時、正面に座るお父さんは、少し疲れたような口調でそう言った。
　あたしは、その言葉に心底ホッとしていた。
　それと同時に申しわけない気分になる。
　ふたりとも頑張ってあたしを育ててくれているのに、あたしは学校へ行くこともままならないなんて……。
　他のクラスメイトたちと同じことができないのが悔しい。
「お父さんお母さんありがとう。心配かけてごめんね」
「謝る必要はないぞ。休まないといけない時は誰にでもあるさ」
　お父さんはそう言い、ビールを飲んだ。
「うん……」
　あたしはお父さんの言葉を素直に受け取った。
　ｓｅｉはブログの中でゲームはレベル10まで存在していると書いていた。
　あたしがクリアしたのはレベル5まで。

まだ【リアルゲーム】は半分終わったばかりなのだ。
　これからどんな試練が待ち受けているのか、まったく想像できない。
　しかも、レベルが上がるにつれて事件も大事になっていき、クリアするのも大変になっていく。
　考えるだけでストレスで胃がきしみ、固形物を流し込むと胃が悲鳴を上げた。
　こんな状態でも、あたしはゲームを続けなければいけなかった。
　いまだ、警察署から出ることのできない怜央のため。
　そして、今一緒にいる両親のため。
　あたしは夕飯の大半を残したまま、リビングを出た。
　自室へ戻ろうと階段にさしかかった時、血まみれの"悪魔"が目の前で倒れているのが見えた。
　一瞬息をのみ、数歩あとずさりをする。
　体中から汗が吹き出し、幻覚から目をそらすことができない。
　まるで金縛りにあっているような状態で、あたしは目を大きく見開いた。
　いないはずの"悪魔"が、こちらを見た。
　階段を落ちた拍子に首が折れ曲がり、90度横を向いた状態の"悪魔"と目が合う。
　その目は頭部から流れ出る血によって赤く染まり、瞬きをするとその血は床へと落ちていった。
　これは幻覚だと頭では理解しているのに、呼吸は徐々に

「はっはっ」と小さく短くなっていく。
　過呼吸になりそうな状態の中、あたしは強く目を閉じた。
　これは幻覚だ。
　本物じゃない。
　"悪魔"はいない。
　ゲームはクリアした!!
　強く心の中でそう念じ、そっと目を開ける。
　すると、そこにはいつもの階段が存在しているだけで、"悪魔"も、"悪魔"の血で濡れた痕跡も見当たらなかった。
　大丈夫……。
　あたしは軽く息を吐き出し、走るように階段を駆け上がったのだった。

　あたしがゲームの後遺症とも呼べるものにさいなまれていても、ゲームは待ってくれない。
　携帯電話が震えたのは、自室に入ってすぐのことだった。
　電気をつける暇もなく、あたしはその震えを敏感に感じ取り、小さな悲鳴を上げた。
　そっと携帯電話を取り上げる。
　パッと光る画面。
　暗い部屋の中、携帯画面の明かりで周囲が明るく照らし出される。
【レベル6　プレイ】
　ついに、折り返し地点にやってきた。
　どくどく、と心臓が嫌な音を立てる。

これから先、どんどんレベルは上がっていく。
　今まで以上の恐怖が待ち受けている。
　失敗すれば、大切な人の死が待っている。
　それに、ｓｅｉのブログで出てきたｔａｍａという人のように、自分自身が命を落とす可能性もある。
　あたしはゴクリと唾を飲み込み、ゆっくりとプレイボタンを押した。
　画面に表示されたのは【火事からの救出ゲーム】だった。
　一瞬、レベル１の時にやったのと同じようなものかと思ったが、すぐにその期待は打ち消された。
　今度の救出ゲームは、大きな屋敷の中から３人の大人を救出しなければいけないゲームだったのだ。
　しかも、救出前にカギを見つけ出さなければいけないらしい。
　それがなんのカギなのかもわからない状態で、ゲームははじまってしまった。
「ちょっと……待ってよ……」
　あたしは焦り、画面に顔を近づける。
　カギの場所がわからない。
　ヒントも何もないまま、焼け落ちていく屋敷の中から小さなカギを探すのは至難の業だった。
　プレイ時間はどんどん減っていき、手に汗が滲んでくる。
「あ……あった！」
　思わず大声を上げながら、カギを持ったまま３人の大人たちを誘導して屋敷の外へと出る。

次の瞬間、携帯画面はいつもどおり暗くなり、部屋の中は真っ暗になった。
　あたしは深く息を吐き出し、じっとりと濡れた手のひらを服でぬぐう。
「カギがある場所……わかるかな……」
　あたしは小さく呟いたのだった。

　その夜、あたしはいつ消防車の音が聞こえてくるかとビクビクし、ろくに眠れなかった。
　ゲームは、こちらの都合など考えてはくれない。
　それは突然にやってくるのだ。
　睡眠不足のまま朝になり、ｔａｍａという人の手がかりがないかとパソコンを開く。
　検索ワードにｔａｍａと打ち込もうとした時、1階からお母さんの声が聞こえてきた、
「芹香、ご飯よ！」
　いつものようにあたしを呼ぶ声。
　どんなことが起こっても、変わらず毎日のご飯を用意してくれるお母さん。
　あたしは「いらない」と答えようとしたが、口を閉じた。
　ただでさえ心配をかけているのだ。
　朝くらい顔を出しほうがいいかもしれない。
　そう思い直し、立ち上がる。
「今、行く！」
　あたしはそう返事をしてパソコンを閉じたのだった。

この日、あたしはどこにいても外の音を気にしていた。
　家族で一緒にご飯を食べていても、テレビを見ていても、気持ちはずっとゲームにあった。
　遠くで救急車の音が聞こえれば、すぐ外へ出て確認する。
　しかしそれがゲームとは無関係だとわかると、あたしはホッと胸を撫で下ろして家の中へと戻った。
　そんな落ちつかない1日を過ごしたけれど、結局この日ゲームははじまらなかった。
　ゲーム開始まで、少し時間が開いているようだ。
　まったく眠っていなかったあたしは、自室に戻ってすぐ眠気に襲われてしまった。
　どうしよう。
　寝ている間にゲームがはじまったら動けない……。
　気持ちは焦っているのに、最近の疲れもあってあたしは睡魔に負けてしまったのだった。

　それから3日後の朝。
　ゲームの準備が整ったとばかりに、ついに消防車の音が聞こえてきた。
　あたしはハッとして窓へ駆け寄り、その音がどっちへ向かっているのかを確認した。
　ここから少し離れた場所には閑静な住宅街があり、その中のどれか1軒が火事になっていることは間違いなかった。
　ゲーム画面で見る限り、かなり大きなお屋敷だった。
　あたしは1階へと駆け下りてリビングを覗いた。

リビングでは、消防車の音に気がついたお母さんが窓辺に立って外を見ている。
「お母さん、出かけてくる!!」
「あら、どこに行くの？　今、消防車が……」
　あたしはお母さんの話を最後まで聞かず、リビングを出て玄関に向かう。
　そして、ドタバタと足音を響かせながらダッシュで外へ出ると、その勢いまま自転車をこいだ。
　少し走ったところで、山の上から黒い煙が上がっているのが見えた。
　あそこだ！
　確かあの山の中には、旅館を経営しているオーナーのお屋敷があるはず。
　山を大きく切り開き、屋敷の隣にゴルフ場まで作ったと街で噂になっていた。
　だけど、屋敷のうしろはまだ森が続いている。
　下手をすれば、大きな山火事を引き起こしかねない。
　絶対にクリアしなきゃ!!
　あたしはその思いだけで自転車をこいでいた。

　キレイに舗装された山道を上がると、大きく開けた場所に出た。
　そこにそびえ立つ、真っ白なお屋敷。
　煙は上がっているものの、表から火の存在は確認できなかった。

出火してから、まだそんなに時間がたっていないのかも。
あたしはその場に自転車を置き、お屋敷へと向かう。
「どいて、どいてよ!!」
消防隊員たちを強引に押しのけながら突き進む。
「君、危ないから下がって!」
「そこの女の子! 危ないから逃げて!」
誰に止められようが、あたしの耳には入らない。
クリアしなきゃ。
クリアしなきゃ……!
それだけが、今のあたしを動かしている。
消防隊員が目を離したすきに玄関の前まで来た時、真上にあたる2階の窓ガラスが大きな音を立てて割れた。
バラバラと破片が降り注ぎ、あたしの頬を切った。
一筋の血が流れる。
だけど、そんなことに構っていられなかった。
あたしは勢いよく玄関のドアを開け、お屋敷の中へと入っていった。
中へ入った途端、熱風と煙が行く手を阻んだ。
どのくらい火がまわっているんだろう?
空気が動くたび、炎は力を増していくはずだ。
あたしは片手で自分の口と鼻をふさぎ、目を細めながら突き進んだ。
ゲームで見た、家の間取りを思い出す。
入って右に曲がり、一番奥の部屋に3人はいた。
でも、カギが……。

あたしはゲーム上でカギを見つけた場所に立った。
何もない、ただの廊下だ。
でも、確かにゲーム内ではカギはここに落ちていた。
「どこ……？」
焦りながら、床に這いつくばるようにしてカギを探す。
だけど、隅から隅まで探してみてもカギらしきものはどこにも見当たらない。
「嘘でしょ……？」
今まで、ゲームと現実は忠実にリンクしていた。
カギは必ずここにある。
なのに、ここまで探しても見つからないなんて……!!
あたしは廊下の先にある白い扉を見つめた。
あの中に救出しなきゃいけない人たちがいる。
どうにか扉を壊せないだろうか？
そう考え、あたしはカギを探すのをやめて扉へ向かった。
大きな観音開きの扉に両手をかけ、力いっぱい開こうとする。
ところが、意外なことに扉はすんなりと開いたのだ。
その軽さに一瞬ひるんだが、あたしは扉を全開にする。
すると……。
部屋には４つのベッドがあり、そのうち３つにメイド服を着た女性が横たわっていた。
みんな意識はあるようで、煙でせき込んだりすすり泣きをしている。
でも、ベッドの上から逃げようとはしていなかった。

いや……。
　正確には、ベッドの上から逃げられないままなのだ。
　彼女たちの右腕は、手錠によってベッドと固く繋がれていたのだ。
　あたしはその光景に目を見開く。
　こんな異常な光景、今まで見たことがない。
「助けて……」
　その場に立ち尽くしていると、手前のベッドに繋がれている女性がそう言った。
　あたしは一番手前のベッドに駆け寄り、その手錠をわし掴みにした。
「なんなの、これ……」
　思わずそう呟く。
　手錠は子どものオモチャのようなものではなく、ずっしりと重たく頑丈な作りだった。
　とてもじゃないけれど、壊して脱出することはできそうにない。
「ご主人様よ……」
　すると、あたしに手錠を掴まれた女性が、苦しそうな声で言った。
「え？」
「ご主人様の趣味なの。あたしたち、本当のメイドじゃない。夜の相手をするためにここに来たの」
　娼婦……。
　あたしの脳裏にそんな言葉が浮かんだ。

テレビドラマやマンガの世界でしか知らないけれど、実際にそんなことがあるのだ、と驚く。
「仕事は一夜で終わるはずだった。でも、ご主人様はこの手錠を外してくれなかったわ」
　女性はそう言い、唇を噛んだ。
　ご主人様というのは、きっとこの家の主人のことだ。
　旅館のオーナーがそんな人だとは思ってもいなかった。
「この家の主人は？」
「知らないわ……」
　この女性たちは、いったいいつからここに拘束されているのだろう？
　そう思うと、見たことのない屋敷の主に、はらわたが煮えくり返りそうになる。
　でも、今はそんなことをしている場合ではない。
　ここにいる3人を救出することが、あたしの役目なのだから。
「この手錠のカギは、どこにあるかわかる？」
「……わからないわ」
　彼女は左右に首を振った。
　彼女の目には、絶望感が見え隠れしている。
　早くカギを見つけなきゃ。
　あたしはそう思い、「すぐに戻ってくるから！」と、3人に伝えて部屋を出た。
　そして、途中の廊下まで戻る。
　最初、カギは部屋のカギを指しているのだと思っていた。

だけど違った。

カギは手錠のカギなのだ。

本物の手錠のカギなんて見たことはないけれど、部屋のカギよりも小さい気がする。

どこにも隠し場所がないように見えるけれど、どこにでも隠すことができる大きさなら、あたしが見逃している可能性が高い。

まさか床の下とかだろうか？

そう思い、あたしは周囲を見まわした。

煙がさっきよりも視界をさえぎり、熱が体を包み込む。

ないだろうか……。

床を破壊できるような"何か"が……。

気持ちが焦るばかりで、適した道具は見つからない。

さらに気持ちが焦りはじめた時、あたしはふとこのお屋敷の主人の噂を思い出していた。

「ゴルフ場……」

そう、ここの主人はゴルフ場を作っている。

あたしは一か八か、娼婦たちのいた部屋へと駆け戻った。

「ねぇ！　ゴルフのクラブってある!?」

あたしが聞くと、3人はすぐに頷いた。

「あそこ」

そう言い、部屋の窓辺にある衣装棚を指差す。

そこへ向かうと、ゴルフクラブが入っているキャディバッグが入っていた。

やっぱり、ここの主人はゴルフが趣味なんだ。

これを使えば床を破壊することもできるかもしれない。
　あたしはゴルフクラブを１本抜きとると、急いで廊下へと戻った。
　そして、躊躇することなくゴルフクラブを振り下ろした。
　バキ！！
　と音がして、床に穴が開く。
　あたしは続けて二度三度とゴルフクラブを床に振り下ろした。
　床は大きくめくれ、地面が見える。
　あたしはその穴に手を突っ込んだ。
　ザラザラとした土の感覚がする。
　しかし、いくら床下を探ってみても、指先にカギらしきものは触れなかった。
「ない……」
　あたしは手を引き抜き、呟く。
　火は強さを増していて、もうカギを探している余裕もなかった。
　あたしは視線を上げた。
　廊下には、壁にいくつかの絵が飾られているくらいなものだった。
　あたしは壁にかかっているひとつの絵に手を伸ばした。
　次の瞬間。
　キラッ……。
　絵の中に光るものがあり、あたしは手を止めた。
　え……？

油絵の中に塗り込められている銀色の物体。
　よく見ると、人間の人差し指くらいの大きさに絵の具が盛り上がっている。
　あたしはそっとその部分に触れてみた。
　ベトッとした油絵の具が、指につく。
　これ……この盛り上がった部分は、新しく塗られている。
　あたしは夢中になって、盛り上がっている部分を指でこすった。
　すると、キラキラと光る銀色のカギが姿を見せたのだ。
「あった……!!」
　ゲームの時と同様、歓喜の声を上げる。
　あった！
　あった!!
　あたしはカギを握りしめ、再び３人がいる部屋へと走ったのだった。

思わぬ襲撃(しゅうげき)

「カギあったよ！」

そう言って部屋へ戻ると、ベッドに拘束されている3人があたしのほうを見た。

「本当に!?」

「うん！」

あたしは返事をしながらベッドへ駆け寄り、絵の具がついたカギを手錠のカギ穴へと差し込んだ。

軽く力を入れてまわすとカチッと小さな音がして、手錠が外れる。

「やった、外れた！」

他のふたりのカギも外し、あたしたちはようやくこの部屋から出られる状態になった。

屋敷内に充満する炎と煙は、さっきよりも大きくなっている。

早く脱出しなきゃ間に合わない！

「早く外へ!!」

「待って……あたしたち、何日もベッドの上にいたから体が思うように動かないわ」

ひとりが手をさすりながらそう言った。

痺れているようだ。

ずっと拘束された状態で横になっていたため、他のふたりの動きも鈍い。

間に合うだろうか？
　一瞬、そんな不安が胸をよぎる。
　しかし、3人は思ったよりすぐに立ち上がった。
　少し無理をしているのかもしれないが、自分の命を守るために必死なんだ。
「みんな行くよ！」
　あたしはそう声をかけ、3人と一緒に部屋を出た。
　3人を助けたし、あとは外へ出るだけだ。
　それでゲームクリア！
　時々うしろを振り返り、3人がついてきているのを確認しながら走る。
　炎はまだ屋敷全部を覆い尽くしてはいない。
　玄関までの道は開いている。
　クリアはもう目の前にあった。
　ところが……。
　あたしたちのうしろから、突然怒号が聞こえてきたのだ。
「俺のコレクションに何をする!!」
　あたしはハッと振り向いた。
　そこには、バスローブ姿の50代くらいの男が眉を吊り上げて追いかけてくる姿があった。
「何……!?」
「あの人がご主人様よ!!」
　あれが……!?
　片足を引きずるようにしながら近づいてくる男。
　あたしは3人を見る。

どうしよう……。
　3人の足は鈍っているから、あの男に追いつかれてしまうかもしれない。
「お前たちは俺が金を出して買ったんだぞ！　死ぬまで俺のものだ!!」
　女たちに粘着する男の顔は炎によって真っ赤に見えて、それはまるで赤鬼のようだった。
　ダメだ。
　このままじゃ逃げ切れない！
　あたしは壁に沿って置かれていた、ひとつの大きなアンティークの棚に目をやった。
　考えている暇はない。
　あたしは、そのこげ茶色の棚を、通路をふさぐようにして横倒しにした。
　中に飾ってあった香水が音を立てて割れ、あたりが香水の匂いで包まれる。
　倒れた棚の向こうで騒いでいる男のうしろから、炎が追ってきていた。
　あたしは男がいるほうから目を背け、「行くよ」と、3人を連れて再び走り出したのだった。
　外へ出た途端、大きな音が鳴り響き屋敷が崩れていく。
　あたしは立ち尽くし、屋敷の主人の顔を思い出していた。
　あの足では棚を越えることは難しい。
　それに、ここまで崩壊してしまったら、もう屋敷から脱出することもできないだろう。

今度こそ、あたしはこの手で人を殺してしまった。
　自分のゲームを成功させるために……。
　あたしのポケットで携帯電話が震えた。
【ゲームクリア　とっさの機転を利かせ救出したため、ボーナスポイント負傷レベル＋１　残り８】
　あたしは携帯電話をギュッと握りしめた。
　その時、救出した３人があたしの元へと駆け寄ってきた。
「あの、助けてくれてありがとう！」
　ひとりがそう言い、あたしの手を握ってくる。
「……ううん」
　あたしは左右に首を振る。
「あなたはあたしたちの命の恩人よ！」
「ねぇ、名前を教えて？　何かお礼もしなきゃ」
「どうせならお友達になりたいわ」
　次々にかけられる感謝の言葉。
「でも、この家の主人は救えなかった……」
　あたしが呟くと、３人は言葉を切った。
「……あたしたち、中で起きたことは誰にも話さないわ。話してもあなたは罪には問われないとは思うけれど……」
　他の人に聞こえないように小さな声でそう言い、残りのふたりも頷いた。
　あたしはかすかに笑顔を作ってみせる。
「あなたたちに、少し話を聞きたいのですが……」
　そう言って近づいてきた消防隊員が、あたしを見た途端
「あっ」と呟いた。

あたしも、その人の顔には見覚えがあった。
レベル１の時に現場にいた人だ。
「君だったのか。すごいね君は、二度も火事から人を救うなんて」
消防隊員の人は笑顔で話しかけてくる。
あたしは、またあいまいな笑顔を返した。
消防隊員の質問に対しては、ほとんど３人が返事をしてくれた。
あたしが棚を倒して道をふさぎ、主人を出られなくしたということを除き、すべて本当のことを話している。
疲れきっていたあたしは時々頷く程度で、たいした説明ができなかった。
３人が自分の意思とは関係なく拘束されていたということで、働いている風俗店にも警察が向かうことになり、事態は大きな事件へと切り替わっていった。
ようやく解放されたあたしは来た時と同じように自転車にまたがり、ノロノロと帰路へついたのだった。

この日の夜、自宅で【リアルゲーム】の新しい情報がないか調べていると、パソコンがポンッと音を鳴らしてメールの着信を知らせた。
パソコン画面の時計を確認すると夜中の２時すぎ。
こんな時間にいったい誰がメールをしてきたんだろう？
疑問を感じながらメールを確認する。
「あっ!!」

そのメールを見た途端、大きな声を上げ、あたしは慌てて口に手を当てた。
「ｓｅｉからだ……！」
　それは【リアルゲーム】のブログを書いていたｓｅｉからの返信だった。
　あたしはすぐにその文面に目を向けた。

　芹香さんメールをありがとう。
　芹香さんもリアルゲームをプレイしているんですね。
　リアルゲームはとても大変なゲームだけれど、頑張ってクリアしてください。
　そしてリアルゲームをクリアした者同士で、いつかお会いできるといいですね。

　　　　　　　　　　　　　　　　　　　　　　　ｓｅｉ

「これだけ……？」
　あたしは返信メールを何度か読み直し、眉を寄せる。
　ｓｅｉはまるで普通のゲームのように、淡々と【リアルゲーム】のことをブログで綴っていた。
　メールの返事もそれとあまり変わらず、あたしが【リアルゲーム】をプレイしていることを驚いている様子もない。
【ゲームをクリアした者同士で、いつかお会いできるといいですね】
　そう締めくくられているけれど、命をかけたゲームでこんな約束できるわけもない。

やっぱり、おかしい……。
あたしは少し考えてから、メールの返信画面を表示させた。

いつかではなく、すぐにでもお会いしたいです。
あたしはいつ死ぬかわかりません。
飼っていた犬も親友も失ってしまいました。
お願いです、助けてください

芹香

　返事を送り、あたしは息を吐き出す。
　そして、また【リアルゲーム】について調べはじめたのだった。

　気がつけば朝日が差し込んでいた。
　あれから、ｓｅｉからの返信はなかった。
　到底眠る気になんてなれず、またパソコン画面に目を向ける。
　その時だった。
　家の外から誰かの話し声が聞こえてきて、あたしはそっと窓辺へ近づいた。
　カーテンを開いて下を見ると、カメラを持った男性とマイクを持った女性が見える。
　それも、ひと組だけではない。
　何組かの報道陣と見られる人たちが、家の前にいるのだ。
　あたしの心臓はドクンッと跳ねた。

どうしてここに報道陣が？
　火事の現場から赤ちゃんを救出した時のことだろうか？
　殺人犯に追われ、切りつけられたことがバレた？
　それとも二度も"悪魔"が侵入してきたから？
　あたしが屋敷の主人を閉じ込めてしまったから？
　何が原因で報道陣が集まっているのかわからなくて、あたしはすぐにカーテンを閉めた。
　軽く下唇を噛む。
　手が、今までとは別の恐怖で震えた。
　どうしよう、どうしよう、どうしよう。
　こんな状態ではあたしは自由に動くこともできない。
　もし、ゲームを途中放棄することになったら？
　そんなことになったら、大切なもの、あたしの命は奪われる。
　最悪な事態を考えて、あたしは頭を振ってその考えを打ち消した。
　どうにかできないだろうか。
　報道陣の目を盗んで、逃げることはできないだろうか。
　そう考えて、部屋の中をグルグルと歩きまわる。
「あたしは悪くない。あたしはゲームをしていただけ」
　あたしは自分に言い聞かせるように、何度もそう呟いた。
　その時だった、いつの間に起きていたのか、お母さんが１階からあたしの名前を呼んだ。
「芹香！」
「今日はご飯はいらない！」

叫ぶようにそう言うと、「違うわよ、お客さんよ！　昨日の火事のことを聞きたいんだって！」と、返事があった。
　火事のことを聞きたい!?
　あたしはその言葉で固まった。
　ジワジワと、体内から焦りと恐怖の汗が滲み出てくる。
　３人が、報道陣にあたしのやったことをバラしたんじゃないか？
　とっさにそんな考えがよぎる。
　報道陣たちはあたしが人を殺したことを知ったから家の前で待っているんだ！
　あたしは泣きそうになるのを必死でこらえながら、「話すことなんてない!!」と返事をすると、ベッドの中へもぐり込んだ。
　布団を頭までかぶり、昨日の出来事を思い出さないようにして怜央の顔を思い浮かべる。
　怜央……。
　怜央、会いたいよ……。

旅行

　ベッドの中で頭から布団をかぶっていたら、いつの間にか眠っていたらしい。
　ふと目を開けて目覚まし時計を確認すると、昼をすぎていた。
　あたしは重たい体をなんとかベッドから起こし、寝癖のついた頭を手櫛で適当にとかしてから部屋を出た。
　２階の廊下で一瞬立ち止まり、"悪魔"と怜央の格闘の光景を頭から振り払う。
　それでも、階段を下りている途中でストレスから軽い息切れを感じた。
　リビングへ入ると、お母さんがテレビをつけてソファに座っていた。
「あら、起きたの？」
　ドアが開いた音に気がついて、お母さんが振り返って言った。
「うん……」
「見てこれ、すごいじゃない」
　お母さんは興奮気味に言いながら、あたしに新聞を見せてきた。
　今朝配達されたものではない、号外だ。
　その新聞には【火事の救出、再び!!】と、大きく書かれていて、あの屋敷から３人を連れ出すあたしの写真が大き

くカラーで載っていた。
　あたしはその見出しだけで、愕然としてしまう。
　何……これ。
　まるであたしが英雄であるかのように書かれ、助け出した３人からの感謝の言葉も載っていた。
「午前中、家の前に来ていたマスコミの人たちも『勇気のある芹香さんをぜひ取材したい』って」
　お母さんは、うれしそうに笑った。
　火事のことで聞きたいことがあると言っていたのは、これのことだったんだ。
　マスコミは、あたしを捕まえに来たのではなかった。
　それがわかると、安心すると同時に涙が込み上げてきた。
「何やってんだろ、あたし……」
「……芹香？」
「あたし、英雄なんかじゃない！　勇気だってない!!」
　ただ、怖いだけ。
　ゲームを進めることだけで、必死なだけ。
　こらえていた涙が一気に溢れ出してくる。
「芹香、大丈夫？」
　お母さんが、あたしの背中をさすってくれた。
　あたしがまだ小さかった頃、お母さんは友達とケンカをして泣いているあたしの背中を、よくさすってくれた。
　今も、変わらない。
　お母さんの手の温かさも、あの時のまま。
「あたしは、ただ……自分のことで精いっぱいで……！　こ

うやってみんなを助けるのだって……本当は……全部自分のためなのに……!!」
　新聞をクシャクシャにして、その場にしゃがみ込む。
　あたしがいなければ……。
　あたしがゲームなんてしなければ……。
　みんなが危険にさらされることだって、なかったのに!!
「芹香、ちょっと気分転換してみない？」
　穏やかな声でそう言われ、あたしは涙で歪んだ視界の中、お母さんを見つめた。
「温泉のバス旅行が当たったのよ。ペアで」
　そう言って、お母さんはエプロンのポケットから２枚のチケットを取り出した。
　それは全国的にも有名な温泉地のチケットで、お母さんは近くの商店街で当てたのだと言った。
　お母さんの気持ちはうれしかった。
　でも……。
「お母さん、お父さんとふたりで行っておいでよ」
　あたしは、鼻をすすりながら言った。
　温泉に行って、もしその場でゲームがはじまったら？
　温泉地に来ていた人たちを巻き込んだら？
　あたしのいる場所には、必ずゲームがつきまとう。
　そう考えると、とても行く気にはなれなかった。
　お母さんは残念そうに、あたしを見ている。
「ね？　そうして？　いろいろあったし、たまには夫婦で羽を伸ばしておいでよ」

「……そう？　でも芹香、ひとりになるけど大丈夫？」
「大丈夫だよ。小さな子どもじゃないんだから」
　あたしは、赤くなった目でほほえんだのだった。

4章

イトコ

　温泉旅行の予定は次の週末に決まった。
　その日は朝から小雨が降っていて、灰色の雲が空を覆っていた。
「温泉地のほうは晴れてるって、天気予報で言っていたからよかったわ」
　あたしを置いていくことに抵抗を感じていたお母さんも、当日はそう言ってうれしそうに出かけていった。
　あたしは両親を見送り、誰もいなくなった家の中で、また【リアルゲーム】について調べようと考えていた。
　相変わらずｓｅｉからの返信はなく、ｓｅｉのブログの更新も止まったままだ。
　だけど、ここ以外にそれらしいサイトはまだ見つけられていない。
　今日はｔａｍａについて調べてみようか。
　そう思った矢先だった。
　玄関のチャイムが鳴って、あたしは慌てて玄関へ向かう。
　両親が忘れ物でもしたのだろうか？
　ふたりともそそっかしいところがあるから、慌てて帰ってきたのかもしれない。
　だとしても、カギは持っているのに……。
　そんなことを考えながら玄関を開けると、思わぬ人物が立っていて……。

「よぉ、久しぶりだな！」
　そう言って八重歯を覗かせて笑った長身の男性は、イトコの徳方颯真だった。
　颯真お兄ちゃんは23歳の社会人。
　大手メーカーのプログラマーをしている。
「颯真お兄ちゃん!?　どうしてここにいるの!?」
　あたしは驚いて声を上げ、目をパチクリさせる。
「伯父さんと伯母さんに頼まれたんだ。今日から明日の昼くらいまで、芹香の面倒をよろしくって」
　そう言いながら、慣れた仕草で家へ上がる颯真お兄ちゃん。
　お母さんとお父さん、やっぱりあたしのことを心配していたんだ。
　そうとわかると、胸の中に温かいものが広がっていった。
　正直、いつゲームがはじまるかわからない今、ひとりきりでいることは心細かったんだ。
「ひとりでも大丈夫なのに……」
　少し強がりを言ってみる。
　うれしい半面、颯真お兄ちゃんを巻き込むんじゃないかという不安がよぎった。
「いいじゃないか。お前、最近いろいろあったんだってな？　火事で二度も人を助けたっていうのは、俺もニュースで見たぞ。この家にも、変質者が1日に2回も入ったって聞いたし」
「火事のこと、ニュースにもなってるんだ……」
「あぁ。お前、自分のことなのに見てないのか？」

不思議そうに颯真お兄ちゃんは聞いてくる。
　ニュースなんて、見る気になれない。
　あたしの関わっているニュースなんて、余計に嫌だった。
　返事をしないで黙り込んでいると、颯真お兄ちゃんがあたしの頭に手を乗せてきた。
「ま、いろいろあるよな。お前も高校生なんだから」
「……うん」
　あいまいに頷き、あたしは颯真お兄ちゃんをリビングへ通したのだった。

　颯真お兄ちゃんが家に来てから、あたしはリビングでノートパソコンを広げていた。
　パソコンに詳しいお兄ちゃんだから【リアルゲーム】についてどうやって調べればいいか、尋ねるためだ。
　といっても、もちろんそれが現実に起こっていく恐怖のゲームだという話は伏せておいた。
「リアルゲーム？　芹香、まだゲームとか好きなのか？」
　パソコン画面に視線をやりながら、颯真お兄ちゃんが尋ねてきたので、
「まぁね」
　あたしは、あいまいに返事をしながら、お気に入りに入れているｓｅｉのブログを表示させる。
　すると、颯真お兄ちゃんは、ブログを真剣な表情で読み進めていく。

「へぇ……なかなか面白い小説だな」
　しばらくして読み終えた颯真お兄ちゃんは、ボソッと呟くように言った。
「……小説？」
「あぁ。ブログ風に書いている小説だろ？　こんなこと、現実に起こるわけがないんだから」
　そう言って、颯真お兄ちゃんは画面を突いた。
「もし……もし、だよ？」
「なんだよ？」
「この【リアルゲーム】っていうのが実在していたら、どうなるの？」
　そう聞いてみると、颯真お兄ちゃんは驚いたようにあたしを見て、それから「このゲームをしてみたいのか？」と、聞いてきた。
「【リアルゲーム】をやってみたいだなんて、そんなわけないでしょ!!」
　今までのおぞましい出来事が走馬灯のように蘇えり、思わず声が大きくなる。
　気がつけばバンッと両手でテーブルを叩き、颯真お兄ちゃんを睨みつけていた。
「なんだよ……何を怒ってるんだよ？」
　困ったようなお兄ちゃんの声に、ハッと我に返る。
「ご……ごめん」
「まぁとにかく、このゲームに関して調べているってことでいいのか？」

「……うん」
　あたしが小さく頷くと、颯真お兄ちゃんは小さくため息をついた。
　ｓｅｉの日記を、ただの小説だと思っているから、ため息が出たんだろう……。
　そりゃ、面倒くさいよね。
　本当のことを言えず、あたしは申しわけない気持ちでいっぱいになる。
「何かヒントがあるとは思えないけど、ブログ内に出てくるｔａｍａという人物について調べてみるか」
　颯真お兄ちゃんはそう言い、ｔａｍａの名前で検索をかけた。
　同じハンドルネームを使っている人はそこらじゅうに溢れていて、約１千万のヒットがあった。
　そこからさらに絞り込むため、【リアルゲーム　ｔａｍａ】と、検索をする。
　すると、画面上にはｓｅｉのブログ含め、10件のサイトが表示された。
　これなら、すぐに見つけられる！
　そう思うと、ドクンッと心臓が跳ねた。
「ひとつずつ確認していこう」
「うん」
　ホームページを順番に確認していくと、【ｔａｍａブロ】と書かれた個人ブログをすぐに見つけることができた。
　半年前から更新はストップされているけれど、これに間

違いない。
　あたしと颯真お兄ちゃんは顔をグッと画面に近づけ、そのブログを読んでいく。
　しかし、そのブログは1ページしか書かれていなかった。
　あたしと颯真お兄ちゃんは、その1ページに目を奪われていた。

　16歳。
　ハンドルネームｔａｍａ。
　俺はゲームに失敗した。
　失敗、失敗、失敗、失敗、失敗、失敗、失敗、失敗‼
　このゲームは普通のゲームではない。
　失敗すれば誰かの、何かの命が奪われる。
　だけど俺は失敗した。
　大切なものは俺しか残っていなかったのに‼
　なのに俺は失敗した‼
　奪われる。
　今度は俺が奪われる。
　時に内臓をくり抜かれ、時に細菌に汚染され、時に火事で全身を焼け焦がし、そして確実に殺される‼
　俺は逃げられなかった。
　最後の最後で、中学時代のアイツが出てくるなんて考えてもいなかった‼
　どうして俺には、アイツの姿が見えたのだろう？
　わからない……。

アイツは今でも生きているはずだ。
　死んだとは聞いていないし、恋人もできて幸せそうだという噂を耳にしたばかりだ。
　なのに、どうしてこんなに恐ろしいゲームの最後に出てくるのだろう!?
　俺は死ぬ間際まで、アイツの顔を脳裏に焼きつけたままだろう。
　あぁ……。
　今も俺の手の中で携帯電話が震えている。
　これで終わりだ。
　すべて終わりだ。
　アイツとゲームの関係がなんなのか知っておきたかったが、もう時間切れだ……。

　そこでｔａｍａのブログは途切れていた。
　あたしは呼吸をするのも忘れ、何度もその文章を読み返した。
　また新しく出てきた『アイツ』という存在。
　しかも、その『アイツ』は、リアルゲームに深く関係しているらしいことがわかる。
　でも、肝心の名前が一切書かれておらず、人物を特定することは難しそうだった。
「これも面白い小説だね。さっきのｓｅｉの小説と続けて読むと、ふたりは同じ中学だったことがわかるな」
　颯真お兄ちゃんの言葉に、あたしは「え?」と、首をか

しげる。
「年齢が同じ16歳。このブログを書きはじめた時期は、ふたりとも高校１年生。ｓｅｉとｔａｍａは知り合い。高校生活はまだはじまったばかりということを考えると、同じ中学校だった可能性がある」
　颯真お兄ちゃんの鋭い洞察力に、あたしは「そうかもしれない!!」と声を上げていた。
　ｓｅｉとｔａｍａは同じ中学校。
　そして『アイツ』も同じ中学校。
　だとすれば、今【リアルゲーム】をしているあたしも、３人と同じ中学かもしれないということ！
　中学が同じだった同級生たちに感染していくゲームなら、その答えは学校にあるかもしれない。
「あたし、卒業アルバム持ってくる!!」
「え？」
　颯真お兄ちゃんが首をかしげる。
　しかしあたしはそれに返事をせず、すぐに２階へと急いだのだった。
　ゲームの一端がほんの少しだけ見えてきた。
　そんな気がしていた。

レベル7

　慌てて自室へ戻って本棚をあさっていたあたしの耳に、携帯電話のバイブ音が届いてきた。
　あたしは手を止め、ゆっくりと振り返る。
　そんな……。
　こんな時に次のゲームがはじまるなんて。
　【リアルゲーム】がいったいなんであるか、わかるかもしれない時に……。
　あたしはグッと拳を握りしめ、もう一方の手で携帯電話を取った。
【レベル7　プレイ】
　だけど、ゲームは待ってくれない。
　あたしはプレイボタンを押したのだった。
　画面上に現れたのは見たことのない地図だった。
「ここ、どこ？」
　あたしは、その地図を見て首をかしげる。
　学校や家の近くだったり、何度も行ったことのある病院内だったりしたのに、今回は違うみたいだ。
　そして画面上の文字は【事故車からの救出！　バスが爆発を起こす前に、ふたりを救出しろ！】と、書かれている。
　一瞬、背中に無数のウジ虫が走るような感覚を覚えた。
　ゾワゾワと毛が逆立ち、体内で別の生物が駆け巡っているような不快感。

「お父さんと……お母さん……？」
　あたしは『温泉のバス旅行が当たったのよ。ペアで』と、言っていたお母さんを思い出していた。
　携帯電話を握りしめたまま、思わずその場に膝をついた。
「……卑怯(ひきょう)だよ……」
　声が震える。
　登録画面の"大切なものランキング"に、当然、両親は入っている。
　それなのに、ゲームのターゲットになるなんて……！
　このレベル7を失敗すれば、怜央と両親を同時に亡くすことになるんだ。
「卑怯者!!」
　あたしはギリギリと歯を嚙みしめ、ゲームに深く関わっているであろう【アイツ】を思い浮かべていた。
　ゲームの中で、雨で濡れた山道から転落したバスの中から両親と思われるふたりを助け出したあたしは、すぐに着替えた。
　動きやすいようにジーパンをはき、1階の納戸に行って命綱に使うため太いロープを準備する。
　でも、両親ふたりを引き上げるのは、あたしひとりの力では到底無理だった。
　そんなことも見越してか、今日のゲームではふたりが協力し合って救出する設定になっていた。
　あたしと……あとひとりは、もう決まっている。
　あたしは足早にリビングへと戻った。

卒業アルバムを取ってくると言ったのに、着替えて戻ってきたあたしを見て、目を丸くする颯真お兄ちゃん。
「颯真お兄ちゃん、手伝ってほしいことがあるの」
「手伝うって……ロープなんて持って何をするんだ？　山登りか？」
　ふざけてそう聞いてくるお兄ちゃんに「似たようなもの」と、答えたのだった。

　ろくに理由も話さずに両親が向かっている温泉まで連れていってほしいと言ったあたしに、颯真お兄ちゃんは快く車を出してくれた。
　やっぱり自分も温泉に行きたくなったんだろうと、勝手に解釈してくれたみたいだ。
　颯真お兄ちゃんの車に揺られながら、あたしはゲームに出てきた地図はどのあたりだろうかと考えた。
「ねぇ、温泉につくまでに山道を通るよね？」
「あぁ。山の上の温泉街だからな」
「その山道では、ゆっくり車を走らせてほしいの」
「いいけど、どうして？」
「今日は朝から雨が降っていて危ないから」
「でも、温泉地のほうは晴れているって伯母さん言っていたぞ？」
「そうだけど。天気予報は外れて雨になっているの」
　ゲームの中では雨が降っていた。
　だから、現実でも雨だと言いきることができた。

あたしの言葉に颯真お兄ちゃんは「ふぅん……？」と、小首をかしげながらも頷いたのだった。

　そして車を走らせること２時間半。
　車は山道へとさしかかっていた。
　あたしの言ったとおり雨は降り続けていて、朝よりも少し大粒になっていた。
「すげぇな。芹香の言ったとおりこの辺も雨だ」
「でしょ？　だから危ないの」
　ゆっくりと進んでいく車に、あたしは神経を尖らせてガードレールの下へ続く崖を見つめていた。
　きっと事故はもう起きている。
　早く見つけ出さないと、ふたりの体力が消耗してしまう。
　車が山の中腹あたりまでさしかかった時だった。
　道べりに続いていたガードレールの切れ目が見えた。
　その切れ目は大きく、近づいていくにつれて途切れているのではなく、何か大きな力が加わったことで崖側へ曲がってしまっているのだということがわかった。
「車を止めて!!」
　とっさにそう叫び、あたしは颯真お兄ちゃんのハンドルを握る手を取る。
「うわっ!?」
　ハンドル操作を失った車は右へ左へ蛇行しながら、停車した。
「危ないだろ!!」

そう怒鳴る颯真お兄ちゃんを無視し、あたしはロープを手に取ると、車から降りて走り出した。
　先ほどのガードレールの場所まで戻ると、その下に１台のバスが横倒しになっているのが見えた。
　やっぱり……!!
「颯真お兄ちゃん!!　助けて!!」
　ムッとした顔で駆け寄ってきた颯真お兄ちゃんは、崖下の光景に愕然とする。
「マジかよ……もしかして、あのバスに……」
「そういうこと。だから、ロープを持ってきた。これをガードレールにきつく結んで、逆側を腰に巻いて下りるから」
　そう説明しながら、あたしはロープをガードレールに結びはじめる。
「おい、待てよ。自分で助けに行く気か!?」
「そうだよ」
「危ないだろ！　家を出る前から事故のことを知っていたなら、どうして警察に連絡しなかったんだ！」
　そう言い、携帯電話を取り出す颯真お兄ちゃん。
　しかし、山の中で電波が届かないのか、何度も舌打ちを繰り返した。
　こうしているうちにも、ゲームの時間は刻一刻とすぎていく。
「信じないかもしれないけれど、これが【リアルゲーム】なんだよ。ゲーム上で指示された通りに動かないとクリアできない。だから、警察に連絡はしなかった」

ガードレールにロープを結び終えたあたしは、自分の体にロープを固定し、崖を下りていく準備をした。
「おい、待てよ、芹香」
「待っている暇なんてないの！」
「いや、俺が行く」
　そう言って、あたしの腕を掴む颯真お兄ちゃん。
　でも、あたしは上から颯真お兄ちゃんと両親を引っ張り上げる力がない。
　ここに残ってもらったほうがいい。
「お父さんとお母さんは、あたしが助け出す」
　あたしはそう言い、制止する颯真お兄ちゃんを振り切って崖の下へと下りていったのだった。
　道路からバスまでの距離は5メートルほどだった。
　たいした被害がなければいいけど……。
　そう思いながら一番うしろの窓を手ごろな石で割って、バスの中へ1歩足を踏み入れた。
　そこに広がっていたのは、まさに惨状(さんじょう)だった。
　ただ落ちただけならよかったのに、バスは大きな岩にぶつかったようで、地面側の窓からその岩が顔を覗かせていた。
　その岩はバスとほぼ同じくらいの大きさのため、ほとんどの乗客が岩に体を強打した状態だった。
　頭や腕から血を流し、うめき声でバスの中は埋め尽くされている。
　幼稚園くらいの小さな女の子は、逆側へ折れ曲がった足をスカートから覗かせていた。

その横に女の子の頭を守るように抱きしめたまま、頭から血を流している女性。
　あたしは、そんな人々を無視した。
　助けを求めるように足を握られても、それが両親でないとわかると蹴散らした。
　血と嘔吐物にまみれたバスの中、まだ生きている人と死体をかき分ける。
　メガネが割れ、その破片が眼球に突き刺さっている人。
　頭を岩にぶつけ、グシャリと顔まで潰れてしまった人。
　人と人に挟まれ、そのまま白眼をむいて動かなくなっている人。
　込み上げてくる吐き気をなんとか我慢し、あたしはようやくお母さんとお父さんの姿を見つけることができた。
　ふたりはバスの前のほうにいて、落下したのとは逆側に座っていたのだろう、人がクッションになり、目立ったケガもないようだった。
「お父さん、お母さん、聞こえる!?」
　あたしはふたりの頬を軽く叩く。
　すると、ふたりともうっすらと目を開けたのだ。
　よかった……!!
　事故の衝撃で気絶しているだけだったふたりに、ホッと胸を撫で下ろす。
「ふたりとも、歩ける？　ここから逃げなきゃ！」
　まだ状況をのみ込めていないふたりを、あたしは急かす。
　のんびりなんてしていられない。

このバスは、じきに爆発する。
「芹香……」
　お母さんが小さな声であたしを呼ぶ。
　その声に、泣きそうになる。
　温泉を楽しみにしていた、お母さんの笑顔を思い出す。
　ごめんなさい……。
　あたしのせいで、こんなことになって……。
　あたしはグッと涙を殺して、お母さんの体を支えて立たせた。
　人の上を１歩１歩、歩いて進む。
「こんな……どうして……？」
　あたしに支えられながら、状況が理解できずにいるのか、困惑した声を漏らすお母さん。
「温泉に行く途中で、事故が起こったの。だから、早くここから出なきゃ」
「でも……お父さんが……」
　そう言って振り向くと、お父さんは自力で立ってフラフラしながらでも歩いてくるのが見えた。
「大丈夫だよ。お父さんも一緒に助かるんだから」
「もう少しで……温泉につくところだったのよ……」
「残念だったね。でもさ、助かって、また行けばいいじゃん、今度は３人で」
　割って入った窓の前まで来て、あたしは先にお母さんを外へ出した。
　あたしの腰に巻いていたロープをお母さんに巻きつけ、

"ＯＫサイン"を出すと、颯真お兄ちゃんが引き上げる。
「お父さん、大丈夫？」
　窓から覗き込むと、お父さんは「あぁ……大丈夫だ」と自力で外へ出てきた。
　颯真お兄ちゃんが投げてくれたロープを、あたしは自分の腰に巻いた。
　お父さんの体重を颯真お兄ちゃんひとりで引っ張り上げるのは大変だ。
　あたしが先に道路へ上がり、それからふたりで引っ張り上げるのだ。
　その考えは大成功で、十数分後にはふたりとも無事に車の中にいたのだった。

大爆発

　あたしも車へと戻り、携帯電話が震えて表示した【ゲームクリア】の文字にホッと胸を撫で下ろした。
　これでレベル7は終わった。
　颯真お兄ちゃんが一緒にいてくれたおかげで、思った以上にスムーズにクリアすることができた。
　そう、思ったのに……。
　颯真お兄ちゃんが、なかなか車に戻ってこないのだ。
　早く山を下りて通報したほうがいい。
　両親を病院にも連れていきたい。
　そう思っているのに、いっこうに戻ってくる気配がない。
「ちょっと、颯真お兄ちゃんを呼んでくるね」
　そう言って、あたしは両親を車に置いたまま車を出た。
　すると……。
　ガードレールに結ばれたままのロープが目に入った。
　ところが、ロープの先が見当たらない。
「え……？」
　あたしは慌てて駆け寄り、崖の下へ視線を投げた。
　すると、そこには他の乗客たちを助けている颯真お兄ちゃんの姿があったのだ。
　ロープの先は、颯真お兄ちゃんの腰にしっかりと結ばれている。
「颯真お兄ちゃん、何してるのっ!!」

あたしは悲鳴に近い声を上げた。
「何って……この人たちを助けなきゃいけないだろ‼」
「そんな……‼」
　あたしの目標は両親を助け出すことだけだった。
　だから他の人たちは、生きていないものとして認識していた。
　でも……。
　颯真お兄ちゃんはそうじゃないんだ。
　ゲームを知らないから、すべての人間を助けなければいけないと思っているんだ。
「早く上がってきて‼　事故のことは山を下りてから通報すればいいから‼」
「何を言ってるんだ！　車にはまだ何人か乗れるだろう‼」
　その答えに、あたしは拳を握りしめた。
　どうしよう。
　もうすぐこのバスは大爆発を起こすはず。
「颯真お兄ちゃん、お願いだからもうやめて‼　早く戻ってきて‼」
　あたしは叫びながらロープを引っ張った。
「おい、何するんだ！」
　正義感に溢れる颯真お兄ちゃんは、あたしを睨みつけてきた。
「お願いだから……‼　もうやめて……‼」
　そう叫んだ次の瞬間、ドォン‼　という大きな爆発音がして、炎によって周囲が明るく照らされた。

爆発を起こしたバスの破片が道路まで降りかかってきたので、あたしはダッシュでその場から離れて道路に伏せる。
「芹香、どうしたんだ!?」
　爆発音を聞いたお父さんとお母さんが車から下りてくる。
「バス……が……」
「なんてことなの!!」
　周囲に散らばっている破片を見て、お父さんとお母さんは息をのんだ。
「颯真君はどうしたんだ？」
　お父さんがそう聞いてくる。
「お……兄ちゃん……？」
　恐る恐る元いた場所に戻り崖下に目をやると、オレンジ色の炎が広がっていた。
「颯真……お兄ちゃん……!!」
　あたしは、大きな声で泣き叫ぶ。
　だけど、颯真お兄ちゃんの姿を見つけることはできなかった。
　ガードレールのロープを引っ張ったが、それはなんの手ごたえもなく、焦げて途中でプッツリと切れていた。
　すべては炎に包まれ二度目の爆発音が周囲に響き、あたしはその場からあとずさる。
「いやぁぁぁぁぁ!!!!」
　あたしの悲鳴が山に響いた……。

　その後、爆発音を聞きつけた温泉地の人たちが次々に駆

けつけてくれたけれど、そこからどうやって家に帰ったのか覚えていない。

　気がつけば、あたしは放心状態でリビングのソファに座っていた。

　目の前では、病院から戻ってきた両親があたしと同じように放心状態で、ジッとフローリングの木目を見つめている。
「……どうして……こんなことに」
　お母さんがボソッと呟いた。

　その声にハッとしたあたしは、リビングに置きっぱなしになっているノートパソコンに目を移す。

　数日前まで、ここにいた颯真お兄ちゃん。

　一緒にパソコン画面を見ていた。

【リアルゲーム】の大きなヒントまで教えてくれた。

　それなのに……。

　颯真お兄ちゃんは、もういない。

　携帯画面には【相手の死により負傷レベル－1　残り7】という文字が現れた。

　あたしはその文字を見た時、ハッとして小さく息を吐き出した。

　これが残りの命の数字なら、0になってもいいと感じた。

　もうこれ以上、自分以外の被害者を増やしたくない。

　怜央も……。

　いまだに連絡が来ない。

　もう釈放されていて自宅謹慎中のはずだけど、怜央から連絡を絶っている可能性もあった。

あたしのせいで事件に巻き込まれたのだから、もう連絡してこないかもしれない。
　怜央が決めたことなら、あたしが文句を言うことはできなかった。
　だから、あたしは自分から怜央に連絡を取ろうとはしなかった。
「明後日……颯真君のお葬式ね……」
　お母さんがポツリと呟く。
　結局、颯真お兄ちゃんの遺体は見つからなかった。
　いろいろなものが吹き飛び、燃えてしまったから。
　その中からひとりを探し出すなんて、できなかったのだ。
「お前たちは辛かったら行かなくていいぞ」
　お父さんが、ようやく口を開いた。
「え……？」
　あたしはお父さんを見る。
「芹香、お前はお母さんと一緒にいてやれ。葬式にはお父さんひとりで行く」
　同じ目にあって同じように辛いはずなのに、お父さんはそう言った。
「もう少し落ちついてから、改めてお礼に行こう」
「そうだね……。ありがとう、お父さん」
　あたしは、ホッとしてそう答えた。
　颯真お兄ちゃんが他の人を助けるために崖に下りていったのは、あたしの責任だ。
　あたしが両親を助け出したから、他の人も助けられると

考えて下りていったんだと思う。
　そんな颯真お兄ちゃんの写真を、今はまだ見られそうになかった……。

破壊

　あたしは、暗い部屋の中で携帯電話を見つめていた。
　ココア、和花、颯真お兄ちゃん。
　それぞれの顔を順番に思い出していく。
　無残に死んでいった人たち。
　そしてそのすべての元凶(げんきょう)は、この携帯電話にある。
　あたしは携帯電話を握りしめる手にグッと力を込めた。
　こんなことをしたら、あたしは死ぬかもしれない。
　誰よりもひどい方法で、苦痛に顔を歪めて絶命するかもしれない。
　でも……。
　あたしはそっと携帯電話を開き、両手で持った。
　これで終わることができるのなら……。
　さらに力を込めると、携帯電話がミシッと音を立てた。
　額から汗が流れる。
「どうか……これで終わって……!!」
　ギュッときつく目をつぶり、あたしはすべての力を手に加えた。
　バキッ！　と音が響き、携帯電話がふたつに割れる。
　割れ目から電話の中身が覗き、一瞬内臓を飛び散らせて死んだココアを思い出した。
　あたしは首を振って、その記憶を振り払った。
　肩で大きく呼吸を繰り返す。

「ハッ……ハハッ」
　割れた携帯電話を見ていると、自然と笑い声が漏れた。
　やってしまった。
　涙が流れその場に膝をつく。
　携帯電話を破壊したことへの報復は、いったいなんだろうか？
　残酷に死んでいく自分を思い浮かべる。
　眼球が飛び出し、口から泡を吹いて、炎に包まれて死んでいく自分。
「それでも……いい……」
　あたしは小さく呟く。
　早く終わりたい。
　ただそれだけだった……。

　それから3日後。
　携帯電話を壊したことで、あたしの中で何かが吹っ切れていた。
　制裁としてあたしを殺しに来るなら、来ればいい。
　もうあのゲームをしないでいいと思うと、心の重みはスッと取れてキレイになくなっていたのだ。
　あとどれくらい生きられるんだろう？
　いつ、ゲームはあたしを殺しに来るんだろう？
　時々そんなことを考えるけれど、穏やかな気持ちだった。
　立て続けに起こった事件のせいでふさぎがちだったけれど、今ではそんなこともなくなった。

あたしが突然元気になったことに両親は少し驚いたような顔をしていた。
　お母さんと一緒に料理をして、お父さんと一緒に新聞を読んで。
　そんな当たり前な日常に、一瞬でも戻れた気がしていた。
　携帯電話をゴミとして捨ててからは、食欲も出てきて自分が死ぬなんて嘘じゃないかと思えてきたくらいだ。
　でも……。
　どんなことをしても、ゲームはあたしを離してはくれなかったんだ……。

　携帯電話を破壊して2週間がたっていた。
　最後に、もう一度学校へ行ってみようかな。
　友達や先生の顔を思い出し、楽しかった毎日を恋しいと感じる。
　そんなことを考えながら、制服を見つめていた時だった。
　聞き慣れたバイブ音が、あたしの耳に届いてきたのだ。
　あたしはその音に反射的に身を固くした。
　ブーブーッと、低い音は部屋の中から確かに聞こえている。
「どこ……？」
　背中からブワッと汗が噴き出す。
　梅雨も終わりに近づき暑いはずなのに、体は氷のように冷たかった。
　携帯電話のバイブ音は鳴り続ける。

あたしは思い切ってベッドの布団をはいでみた。
　しかし、そこには何もない。
　グッと奥歯を噛みしめる。
「どこよ！　どこにあるの!?」
　悲鳴に近い声を上げながら、部屋中を探しまわる。
　ベッドの下。
　机の引き出し。
　本棚の裏。
　部屋の中が散らかっていくことも気にせず、あたしは物を投げるようにして探した。
　そして……ふと、手を止めてテーブルに置いてある学生カバンに目をやった。
　外ポケットが、振動によって動いている気がする。
　あたしはキュッと目をつむり、勢いにまかせてポケットへ手を突っ込んだ。
　すると……指先に触れた冷たい感触。
　それがブーブーッと定期的に震えている。
　あたしは恐る恐るそれを掴み、目を開けると同時に一気に引き出した。
　そこには、真っぷたつに割れた携帯電話。
　そして、その画面には【レベル8　プレイ】の文字が表示されていたのだった……。

逃れられない恐怖

　携帯ゲームはあたしを殺しにきたのだと思ったけれど、それは違った。
　画面に表示されていたのは、次のゲームへ進む画面。
　そしてその下には【わたしを破壊したことにより、負傷レベル－６　残り１】という文字。
「どうしても……逃げられないのね」
　あたしはその画面を見つめて呟いた。
　ゲームから逃げられるのなら死んでもいい。
　そう思っていたのに……。
　ゲームはいつまでもあたしにまとわりついてくる。
　逃げることは許されない。
　あたしは怜央を思い出していた。
　あたしのために命を張ってくれた怜央。
　次にいつ会えるかわからないけれど、怜央への愛情は変わっていなかった。
　あたしは今でも怜央のことが好きだ。
「あたし……ゲームを続けなきゃ」
　どれだけ苦痛でも。
　精神が病んでしまっても。
　怜央が命をかけたように、あたしも自分の命をかけよう。
　あたしは、プレイボタンを押したのだった。

レベル8の内容は、電車内の痴漢から逃げる逃走ゲームだった。
　満員電車の中の人々をかき分けて、痴漢の手から逃れていく。
　それだけなら、さほど難しくないゲーム内容だった。
【レベル7】と比べてみても、ずいぶんと安っぽいと感じられた。
　ところが……。
　最後のシーンで電車は停車し、それと同時に痴漢は車外へと勢いよく押し出され、ホームの下に落ちてしまうのだ。
　そこから這い上がろうとする痴漢は次々に電車から出てくる乗客によって踏まれ、最後には窒息死してしまう。
　そこまで画面で写し出されて、ようやくゲーム画面は暗くなった。
　あたしは、すぐに今見たゲームの一部始終を脳裏で繰り返した。
　これと同じことが電車内で起こるってこと？
　痴漢は、必ず死んでしまうってこと？
【痴漢からの逃走ゲーム】と、書いてあった時には、今回は命に関わることがないと思っていた。
　でも……。
　また、あたしの前で人が死ぬ。
　そう思うと、胃がギリギリと痛みはじめた。
　でも、最初に誰がどういった状況で死ぬかわかっているのだ。

助けることもできるんじゃないだろうか……？
　そんな希望も感じられる。
　とにかく、【レベル8】のゲームを単純にとらえないほうがいいと思う。
　そう考えて、あたしはギュッと携帯電話を握りしめたのだった。

　一度は制服に着替えてみようかと思っていたけど、ゲームが開始されたことでそんな気分は消えていってしまった。
　結局、パジャマ姿のままリビングへと下りていくことにした。
「おはよう、芹香」
「おはよう……」
　お父さんとお母さんに、元気のない返事をする。
「ご飯できてるわよ」
「いらない」
　そう答え、あたしはリビングのソファにグッタリと座りこんだ。
　終わらない……。
　何をしても、終わらない‼
　中学校時代の繋がりって、いったいなんだろう……。
　そう思っても、今はもうそれを調べる気力さえなかった。
　ただ、ひたすらゲームを続けること。
　それだけしか、なかった。
「なんで……あたしなのよ……」

思わず、そう呟いていた。
「芹香、大丈夫か？」
　お父さんが心配そうにこちらを見る。
「なんで、あたしばっかり……！　あたしばっかりがこんな目にあわなきゃいけないの!?」
　ドンッと両手でテーブルを叩く。
　涙がとめどなく溢れてきて、気がつけば声を上げて泣いていた。
　家中に響き渡るような声で泣いていると、優しく背中をさすってくれる手に気がついた。
「大丈夫よ、芹香」
「……お母さん……」
「最近、ちょっといろいろありすぎたもんね。疲れちゃったわよね」
　何が起こっているのか知らないお母さんの言葉だったけれど、それはすべてを見透かし、そして包み込んでくれるような言葉だった。
「……お母さん……」
「大丈夫よ、芹香。あなたは間違っていないから」
　そう言って、抱きしめてくれたのだった。

レベル8

　午前中、散々泣いたあたしは、疲れてリビングのソファで少しだけ眠ってしまったらしい。
　目を開けると、お父さんはもう出勤していた。
「芹香、ご飯どうする？」
　いつもと変わらないお母さんの声。
「少しだけ、食べようかな」
　そう答えると、お母さんは「そう」と、うれしそうにほほえんだ。
　あたしが食べやすいようにおかゆを作ってくれたお母さんは「今日、気分転換に出かけない？」と、言ってきた。
「気分転換？」
「ええ。久しぶりに電車とか乗って、少しだけ遠くに行って、おいしいものでも食べようよ」
　……電車。
　その単語に、あたしは敏感に反応していた。
　でも、お母さんにはそれに気づかれないように、食事を進める。
　おかゆの味は一瞬にしてなくなり、ただ舌の上を水っぽいお米が通っていくだけだった。
「……いいよ。電車で行こう」
　茶碗に残った最後のおかゆをかき込んで、あたしは頷いたのだった。

お母さんとふたりで電車に乗るなんて、いったい何年ぶりだろうか？
　たしか、小学校の頃はよく電車移動をしていた。
　あたしのピアノの発表会に行く時とか、週末に家族でお弁当を持って山を登ったりとか……。
　そんなことを思い出しながら、あたしはジーンズとTシャツに着替えていた。
　どんな格好をしていても、きっと痴漢はあたしを狙ってくる。
　だから、触れられて気持ち悪くないように、なるべく分厚い生地の服を選んだ。
　リビングに下りて、すでに支度を終えているお母さんに声をかける。
「準備できたよ、お母さん」
「じゃぁ、行こうか」
「うん」
　あたしはスッと息を吸い込んだ。
　大丈夫。
　逃れられないのなら、あたしはこの面も必ずクリアする。
　レベル10までクリアして、怜央に会いたい。

　久しぶりに駅まで来ると、人でごった返していた。
「おかしいわね……。今日は平日で、通勤時間からもずれているのに」
　お母さんが呟く。

「手、繋いでないとはぐれるかもよ？」
　あたしはお母さんに手を差し出した。
　その手はしっかりと握り返される。
　ふたりで少し遠くまでの駅の切符を買う。
　乗車時間は約30分。
　その間、逃げることがあたしの試練。
「芹香、行こうか」
「うん」
　あたしは力強く頷いた。

　あたしたちが乗る予定の電車は、すでにホームに到着していた。
　駅の中と同様に、人でごった返している電車内。
　当然、座る場所はない。
　駅のアナウンスと電光掲示板でわかったことだけど、あたしたちが駅につく少し前に人身事故があったらしく、電車は大幅に遅れているとのことだった。
　だから、こんなに混雑していたのだ。
　もしかしたら、あたしのゲームの影響が出ているのかもしれない。
　あたしの知らないところで、また誰かがゲームに巻き込まれている。
　すし詰め状態の電車内に、顔をしかめるお母さん。
「お母さん、大丈夫？」
「大丈夫よ」

そう言って、バッグを腕にかかえるようにして持つ。

そういえば、満員電車でスリにあったというニュースを最近していたっけ。

笛の音が響き電車のドアが閉まる。

ガタンッと、一度大きく揺れて発信する電車。

あたしはチラチラと目だけ動かし、周囲を確認する。

痴漢らしい人間は見当たらないけれど、いつ誰が行動を起こすかわからない。

その時に備えて、あたしは電車の中で比較的スペースのある場所を探した。

人の間を縫って歩くことは、できなくはないと思う。

でも、できれば壁に背中をつけて、うしろをガードできるような場所が必要だ。

30分間この中を動きまわるなんて、とても無理そうだったから。

ふいに電車がガタンッと大きく揺れた時、あたしの太もも裏に手が触れた。

最初は偶然かと思った。

しかし、電車の揺れに合わせるようにしてその手はお尻(しり)までゆっくりと移動してくる。

来た……！

体に走る不快感。

腹の奥のほうからブワッと黒いモヤのようなものが湧き上がり、それは一瞬にして怒りへと変換される。

相手の男は悪くない。

頭ではそう理解しているけれど、どうしてもその怒りは男へと向けられる。
　ギリッと奥歯を噛みしめて、あたしは移動を開始した。
　人の間を縫って、痴漢から逃れるために前へ横へと進んでいく。
　それに合わせて相手も少しずつ移動し、すぐにあたしに追いついてきて、また太ももやお尻に触れた。
　これが普通の痴漢なら、とっくに諦めているはずだ。
　だけど相手は諦めない。
　たくさんの女性が乗っていても、ターゲットはあたしひとりだ。
「ちょっと……すみません……通してください」
　小さく声を出して道を開けてもらいながら、あたしは壁際へと進んでいく。
　電車が揺れるたびに人に押され、人を押し返しながら1歩1歩進む。
　電車が停車してドアが開くと空気が循環してホッとするけれど、下りる人がいないようで、電車内の人口密度は増す一方だった。
　あたしが少し動くことすら困難になっていても、痴漢はすぐにあたしのうしろについてきた。
　まるで、どんなすき間でも通り抜けることのできるスライムのようだ。
　再び訪れた不快感に、あたしは思わずその場で地団太を踏んだ。

そうすることで手を振り払うことができるかと思ったが、そうはいかなかった。
　手は、さらにあたしの体に絡みついてくる。
　これは逃走ゲーム。
　相手と戦ったりはできない。
　逃げるしかないのだ。
　あたしは、再び人ごみをかき分けることに専念した。
　前へ前へ。
　壁を目指して。
　大きな男性の脇を抜けて手を伸ばすと、手のひらに冷たい壁の感触があった。
　壁だ……！
　ホッとして頬が緩む。
　そしてその感覚を手放すまいと、あたしは体をグッと前へと押し出した。
　目の前にクリーム色の壁が現れた時、あたしはすぐに体を回転させて背中を壁にピッタリとくっつけた。
　そして、体の前を自分のバッグでガードする。
　目的の駅まであと３分ほどだ。
　大丈夫。
　これなら最後までいける。
　ドッドッドッと、心臓がかけ足のように脈打つ。
　次の到着駅のアナウンスが車内に響く。
　あと少し、あと少し……！
　その、瞬間……。

いつの間にか見知らぬ男が目の前に立っていた。
　まるで幽霊のように突然姿を見せた男は目を血走らせ、口の端から唾液を垂らしてあたしを見ている。
　男の荒い息があたしの前髪を揺らし、キスでもできそうな距離感に、あたしの体は固まっていた。
　これがゲームの相手……。
　男の手があたしに伸びる。
「ひっ……」
　小さく息をのんだ時、電車が停車しドアが開いた。
　次の瞬間。
　薄気味悪い男は大勢の乗客によって無理やり外へと押し出されたと同時に、うめき声を上げた。
「あ……あ……」
　乗客のほとんどが下りたあと、あたしは恐る恐る電車のドアへと近づいた。
　そこには電車とホームの間に落ちて、顔だけ出した男がいた。
　電車とホームのすき間は非常に狭く、男の体がはまってしまうスペースはない。
　それなのに、男の体はスッポリと線路のほうへ落ちてしまい、顔だけがそこに浮かんでいるような状態だ。
「い……いやぁぁ!!」
　口からダラッと舌を出したその顔。
　妙な方向へ折れ曲がった首。
　鼻も折られ、その血が口から下の顔を赤く染めている。

踏みつけられた眼球は破裂し、黒い空洞となった目のまわりにも血がついていた。
　あたしは電車内へと数歩あとずさる。
　あたしの悲鳴を聞いたお母さんが、すぐに駆けつけてきた。
　お母さんはあたしを抱きしめて何かを言っているけれど、あたしの耳にその言葉は届かず、ただポケットに入れていた携帯電話のバイブ音だけが届いていたのだった……。

電話

　電車での気分転換は最低なもので終わった。
　あたしは最初からわかっていたことだったけれど、お母さんからすれば本当に辛かったと思う。
　犯人に対しても、あたしは申しわけない気持ちになっていた。
　最初から死ぬとわかっているのだから、助けられるんじゃないか。
　そんなことを考えていた今朝のあたし。
　でも、実際は無理だった。
　1歩も動けなかった。
　手を差し出すことさえ、無理だった。
　それどころか、あたしは男に対して激しい嫌悪感を覚えていた。
　たどりついた駅の近くの公園のベンチに、あたしは座っていた。
　また電車に乗って帰る気になんてなれず、ゆっくり歩いて、もし疲れたら、途中でタクシーを拾って帰ろうということになったのだ。
　フッと息を吐き出し、携帯電話を取り出す。
　携帯電話が震えたのは少し前のことだけれど、男の死に顔を前にして確認する気にはなれずにいたのだ。
　画面には【レベル8　クリア】の文字が表示されている。

「芹香、大丈夫？」
　近くの自販機でジュースを買ったお母さんが、小走りで戻ってきた。
「大丈夫だよ……」
　そう返事をするけど気分はよくない。
　冷たいジュースを飲むと、少しだけ胸の奥がスッとする気がした。
「ごめんね、お母さんが電車で行こうなんて言ったから」
「お母さんは悪くないよ。あたしのこと、心配してくれたんでしょ？」
「そうだけど……。まさか、目の前であんな事故が起こるなんてねぇ……」
　事故……。
　ただの事故ならどれだけよかっただろう。
　大変だったね、かわいそうね……そう言って終わるだけなら、どれほどラクだろう。
「ねぇ、お母さん」
「何？」
「最近まわりで起こっている事故や火事、事件が、全部あたしのせいだったらどうする？」
　そんなこと聞くつもりじゃなかったけれど、ふと口をついて出ていた。
　お母さんが、驚いた顔であたしを見る。
「何を言っているの、芹香」
　少し怒っているような、険しい口調だ。

「もしもの話だよ？」
「もしもでも、そんなことあるわけないでしょ!?　芹香のせいだなんて、そんなこと……!!」
　そう言うお母さんの声は、今にも泣きそうだった。
「……ごめん、お母さん。今の言葉は忘れて」
　そう言い、あたしは残りのジュースを飲み干して立ち上がったのだった。

　帰り道、あたしとお母さんの間に会話はほとんどなかった。
　結局、途中からタクシーに乗ったけれど、家につく頃には夕方近くになっていた。
　お母さんが玄関のカギを開けていると、家の中から電話が鳴っている音が聞こえてきた。
　最近、連絡は携帯電話ばかりになっていたので、家の電話が鳴ることは珍しい。
　家に入ってすぐ、お母さんが受話器を取った。
　丁寧な受け答えをうしろに聞きながら、あたしはリビングに入り、疲れた体をソファに沈めた。
　今日でレベル8をクリアした。
　残るはあと2ゲームだけ……。
　終わりはもう目の前に見えているのだ。
　そう思うと落ちつかなくなって、あたしはせわしなく壊れた携帯電話を出したりしまったりしていた。
　レベル9のゲームはなんだろうか？
　不安が胸に渦巻いている。

このゲームがはじまってから、何度も死にたい、死んでもいいと思っていた。
　でも、ここまで来たんだ。
　あと少しなんだ。
　あたしもｓｅｉと同じように、すべてクリアしてゲームから解放されるかもしれない。
　そう思った時、電話を終えたお母さんがリビングへ入ってきた。
「芹香、今、担任の先生から電話があったの」
　穏やかな声でそう言い、あたしの隣に座る。
「担任から……？」
「ええ。このまま休み続けると留年するって」
「留年……？」
　そんなこと、一度も考えていなかった。
　留年なんて考えている暇もなかったけれど、その言葉を聞かされると一瞬心がひるんでしまう。
　どうしよう。
　このまま学校を辞めてもいい。
　でも、このゲームを終えたあと、帰る場所がないとなると、あたしはどうすればいいんだろう？
　困った顔をしてお母さんを見ると「一度だけ、学校に行ってみる？」と、言われた。
　一度だけ。
　その言葉が悩む心に広がる。
　どっちみち、今朝あたしは学校へ行こうかと思っていた

ところなのだ。
　その気持ちはゲームによってそがれてしまったけれど、一度だけ行ってみてもいいかもしれない。
「明日、行ってみる」
「そう。じゃぁ、お弁当を作らなきゃね」
　そう言って、お母さんはほほえんだ。

久しぶりの学校

　翌日、久しぶりに制服に身を包んだあたしは、妙に緊張していた。
　まるで入学式のような気分。
「ヘンじゃないかな？」
　リビングでその姿を両親に見せると「似合ってるぞ」と、お父さんが笑顔で言ってくれた。
「久々だから緊張するなぁ」
　思わずそう呟く。
　別に登校拒否をしていたわけじゃないけれど、なんとなくうしろめたさもある。
「お母さんが送っていこうか？」
「そこまでしなくて大丈夫だよ。行ってきます」
　そう言って、あたしは家を出たのだった。

　久しぶりに歩く通学路。
　久しぶりに履く上履き。
　久しぶりに歩く廊下。
　目に映るすべてが新鮮だった。
　教室へ入ると、仲のよかったクラスメイトたちがすぐに近づいてきた。
「芹香！　もう大丈夫なの？」
「心配したんだから！」

「連絡を取ろうにも芹香の携帯電話は壊れてるし、どうしようかと思ったんだからね」
　そうやって声をかけてくれると、今朝の緊張は一気にほぐれていき、ジワジワと温かいものが胸に広がっていく。
　みんな、あたしが戻ってくるのを待っていてくれたんだ。
　そう思うと、うれしくて少しだけ涙が出た。
　みんなの目にも、少しだけ光るものが浮かんでいる気がした。
　そして、チャイムが鳴り、担任の先生が入ってくる。
　担任の先生はあたしに気がつき、軽く手を上げてウインクしてきた。
　あたしは思わずプッと噴き出す。
　先生の先生らしくないところを見るのも久しぶりで、今日だけは笑っていられるような気がしていた。

　昼休み。
　あたしは教室で友人たちと机を繋げて、お母さんの作ってくれたお弁当を広げていた。
　今日は食欲もあって、笑いながら食べるご飯はおいしかった。
「ねぇ、芹香。これからはずっと学校に来られるの？」
　ふいに聞かれたその質問に、あたしは一瞬言葉に詰まる。
　すると、友人たちはすぐに不安そうな表情を見せた。
　いけない。
　せっかく久しぶりに会えたのに、心配かけてどうするの。

そう思い、あたしは「もちろんだよ」と、ほほえんだ。
「本当に？　よかったぁ！」
「もう、このまま辞めちゃうんじゃないかなって、心配だったんだよ？」
「芹香がいなきゃつまんないし！」
　そう言って笑う友人たち。
「みんな……ありがとう……」
　こんな時間がずっと続けばいい。
　みんなと一緒にいたい。
「ちょっとごめん、トイレに行ってくる」
　そう言って、あたしは立ち上がった。
　当たり前の幸せを再び手にすること。
　そのためにはやらなきゃいけないことがある。
　あたしはポケットの中で、携帯電話が震えているのを感じていた。
　【レベル9】のゲームがはじまる合図だ。
　まずは、これをクリアしてから。
　あたしの幸せは、その先にあるんだから……。

レベル9

　トイレの個室へ入ったあたしは携帯電話を取り出した。
　思っていたとおり、画面上には【レベル9　プレイ】の文字が出ている。
　プレイボタンを押そうとした時、ふとあたしの脳裏に嫌な考えが浮かんだ。
　ここは学校だ。
　学校内でゲームがはじまるということは、学校内で何かが起こるという可能性が高い。
　もし、院内感染のようなことが起こったらどうなるのだろう？
　あたしは和花の死に顔を思い出し、ブルッと身震いをした。
　あんなことが他の友人たちにも起こったとしたら？
　担任の先生が、和花と同じように苦しみながら死んでしまったら？
　そう考えると、プレイボタンを押す指になかなか力が入らない。
　【レベル6】の時のようにプレイまで少し時間が空けばいいけれど、どうなるかはわからない。
　でも……。
　これをクリアしなきゃ、あたしに幸せは訪れない。
　どうか……。
　どうか、みんなが巻き添えにならないようなゲームであ

りますように……。
　あたしは心の中でそう祈りながら、プレイボタンを押したのだった。

　画面上に表示された建物は間違いなくこの学校で、一瞬あたしは寒気を覚えた。
　しかし、【自殺者の救出ゲーム】と書かれたタイトルに目を奪われる。
「自殺者……？」
　よく画面を見てみると、赤いマークのついたキャラクターがひとりだけいる。
　これが自殺をしようとしている人だ。
　マークがついている人は、屋上へと続く階段をゆっくりと上っていく。
　あたしは自分のキャラクターを操作して、その人のあとを追った。
　ゲーム上では相手を説得するような操作はできず、ただ強引に相手の死を止めるだけだった。
　力づくでなんとか自殺を食い止めると、画面はあっという間に暗くなってしまった。
　今ので、クリアできたということなんだろうか？
　現実世界で説得も何もせず、自殺しようとしている人を力づくで止めるなんてこと、できるのだろうか？
　あれこれ考えると不安になるけれど、学校中の生徒がなんらかの犠牲になるゲームではないことに、ホッと胸を撫

で下ろす。
　あたしはトイレから出て、キョロキョロと廊下を見まわした。
　いつもと変わらない休憩時間の風景。
　友人同士でしゃべっていたり、廊下に座り込んでパンを食べていたり。
　この中に、自殺を考えている生徒がいるようには見えなかった。
　念のため、あたしは屋上へと通じている階段へ向かった。
　普段、屋上へと出るドアのカギはかけられている。
　だから誰も出られないはずなんだけれど……。
　あたしが階段を上がりかけたところで、屋上へ出るドアがかすかに開き、そこから風が流れ込んできていることに気がついた。
「え……？」
　一瞬、頭の中が真っ白になり、全身が凍りつく。
　ゲームに出てきたマークのついている人が、すでに屋上に出ているのかもしれない。
　思っていたよりも、ずいぶんと早くはじまっているゲームにあたしは焦る。
　まるでゲームは、そんなあたしを見て楽しんでいるように思えた。
　早く行かなきゃ助けられない!!
　あたしは自分の足をパンッと叩き、固まっていた足を無理やり前へと押し出した。

バタバタと足音を立てて階段を駆け上がり、バンッ！と音を立ててドアを開くと、風があたしの髪を揺らす。
　青い空の下。
　白いコンクリートの屋上。
　銀色をしたフェンス向こうに、男子生徒の制服が見えた。
　今にも飛び降りてしまいそうなその生徒。
　両手を真横へ伸ばし、まるで羽が生えた鳥のように立っていた。
「待って!!」
　あたしは叫びながら走っていた。
　生徒が振り返る。
　その顔には見覚えがあった。
　悲しそうな瞳。
　頰には涙のあとがあり、キラキラと太陽に照らされて光っている。
　あれは……。
　あの生徒は……。
「待って!!　船橋君!!」
　あたしは和花の彼氏だった人の名前を叫んだ。
　船橋湊人。
　その人はあたしの顔を見て、少しだけ目を見開いた。
「和花のあとを追うなんてやめて!!」
　だけど、船橋君はあたしの声に耳を貸さず、再び視線を前方へと移した。
　ダメ……!!

やめて……!!
　あたしはフェンスに手をかけ、躊躇することなくそれを乗り越えた。
　フェンスの外には普通に歩けるくらいのスペースがあり、落下防止の低い手すりがついている。
　船橋君はその手すりの上に立って、なんとかバランスを保っていた。
　あたしは高い場所へ立っている恐怖心など感じる暇もなく、船橋君の元へと近づいていった。
　説得しても聞いてくれないことはすでにわかっている。
　だから、あたしは何も言わなかった。
　あたしは手を伸ばし、左手で船橋君の制服を掴んだ。
　そのまま勢いよく引っ張ると、船橋君がバランスを崩して手すりの、あたしがいる側へ倒れ込んだ。
　あたしは、それをまるでスローモーションのように眺めていた。
　膝下ほどしかない手すりを、飛び越えるあたしの体。
　船橋君が顔をしかめて尻もちをつく。
　その前にあたしは制服から手を離し、ひとり空中に投げ出される格好になった。
　グルンッと世界がまわる。
　驚いた顔で何かを叫ぶ船橋君。
　あぁ、そうか。
　力づくで助けるというのは、こういうことか。
　冷静にそう考えていた。

船橋君を引っ張った反動であたしの体は空中へと投げ出され、視界には校庭が映っていた。
　あたしが死んで、船橋君が助かる。
　そういうゲームだったんだ。
　そして、一番最初の登録画面を思い出していた。
【他の大切なものが残っているのに一番大切なものが失われた場合も、ゲームオーバーとなります】
　これで、ゲームオーバー。
　次の瞬間、グシャッという音が自分の耳に入った。
　ほんの一瞬の出来事で、痛みは感じなかった……。

病院のベッドで【怜央side】

 俺は芹香の見舞いに病院へ訪れていた。
 芹香が自殺しようとしていた生徒を助け、屋上から落ちたと聞いたのは1週間ほど前のこと。
 その頃、俺は自宅謹慎処分が解けて、真っ先に芹香の家を訪ねたんだ。
 拘置所の中で、俺は何度も状況説明をさせられた。
 話の中で少しでも食い違いが生じると怒鳴り散らされ、そのたびに釈放が遠のいていく気分だった。
 それでも先に芹香が説明してくれていることもあり、俺はどうにか出てくることができたのだ。
 正当防衛。
 そう判断された時、俺は喜びと脱力感。
 そして、ようやく芹香に会えるという幸せな気持ちで満ちていた。
 できるなら、元気な芹香に会いたかった。
 だから俺は、毎日芹香に会いに来ていた。
 また笑顔を見せてほしい。
 俺の名前を呼んでほしい。
 俺は芹香の寝顔にそっと触れた。
 頭に巻かれた白い包帯が痛々しくて、涙が出そうになる。
「がんばれ、芹香……」
 そう呟き、触れていた頬にキスをする。

この時、俺は心からそう願っていたんだ。
目覚めた芹香に、レベル10のゲームが待ち受けている。
そんなこと考えもせずに……。

目覚め

　頬に何かが触れている気がしていた。
　温かくて、柔らかい。
　そしてとても懐かしくて、愛しい。
　でもその感触はすぐになくなってしまい、あたしは心にポッカリ穴が空いてしまったような感覚に襲われた。
　なくなってしまった感覚を追い求めるように、あたしは光へ向かって歩いていった。
　長い長い、そしてとても暗いトンネルの中。
　ヒヤリと冷たい風が吹いて、あたしは目を開けた。
　薄く目を開けると真っ白な天井と蛍光灯が目に入り、眩しくて目がチカチカした。
　体が言うことをきかず、ひどく頭が痛い。
「ここ……どこ？」
　そう呟いた声もかすれていて、枕元に置かれているナースコールに気がつくまで、ここが病院のベッドの上だということにも気がつかなかった。
　あたし、いったいどうしたんだっけ？
　真っ白な個室の中、あたしはぼんやりとした頭で記憶をたどる。
　先生から電話があって、久しぶりに学校へ行ったところまでは覚えている。
　再会した友人たちと、楽しくお昼ご飯を食べた。

でも、それ以降の記憶が思い出せない。
　事故か何か起きたんだろうか？
　そのせいで記憶が飛び、そして今ここにいるということ？
　わからなくて、あたしはゆっくり両腕を動かしてみた。
　両腕は鉛のように重たく感じたけれど、どうにか動かすことはできるようだ。
　体に繋がれたたくさんの機械がピッピッと、定期的に音を立てている。
　その時だった、病室のドアが開く音がした。
　あたしはゆっくりと顔だけ動かし、そちらを見た。
　そこにはお母さんが立っていて、手には白い花瓶。
　その花瓶には、青やピンクのさまざまな色の花が飾られている。
「お……かあさん？」
　かすれた声で呼ぶと、お母さんは驚いたようにあたしを見て、それから「目が覚めたの!?」と、駆け寄ってきた。
　あたしはいったい何日くらいここにいたんだろう？
　泣きそうな顔であたしの手を握るお母さん。
「心配したのよ。よかった……よかった」
　何度もよかったと繰り返し呟き、あたしの頬を撫でる。
　一瞬、夢の中で見た温かな感覚を思い出した。
　あれはお母さんの手の感覚だったのかな？
　そう思った時、突然怜央の笑顔を思い出した。
　怜央……。
　怜央は今、どうしているんだろう？

「おかあ……さん……怜央……は？」
「怜央君なら、さっきまでここにいたのよ。でも少し前に帰ってしまって……」
　怜央が、ここに来ていたんだ。
　じゃぁ、あの頬に感じたぬくもりはきっと怜央のもの。
　そうとわかるとうれしくて、あたしはふっと頬を緩めた。
　きっと、もう少ししたらまた怜央に会えるんだ。
「お父さんに連絡してくるから、大人しくしているのよ」
　散々あたしの体をさすり、意識が戻ったことを確認して、お母さんが立ち上がった。
「うん……」
　あたしは頷き、そのうしろ姿を見送る。
　そして、真っ白な天井に目を移し……。
　ドクンッと心臓が脈打った。
　あ……れ？
　大切なことを忘れている気がする。
　あたしは目覚めてしまった。
　目覚めてしまったということは……あのゲームの続きが待っているのではないか……？
　その現実を思い出した瞬間、木製テーブルの引き出しの中から携帯電話のバイブ音が聞こえてきた……。

レベル10

　バイブ音が病室に響き渡る。
　あたしはどうにか手を伸ばし、携帯電話を手に取る。
　画面を見ると、レベル10のゲームがはじまることを知らせていた。
　あたしは窓の外の空へと目を移した。
　雲ひとつない快晴。
　どこまでも青くて、どこまでも続いていそうな空。
　あたしは視線を画面へ移し、プレイボタンを押した。
【アイツからの逃走】
　ｔａｍａの日記に書かれていた【アイツ】という文字が一瞬にして脳裏に浮かぶ。
　これが、最後のゲーム。
　そして、【リアルゲーム】の真相に、もっとも近いゲームだ。
　あたしはスゥッと息を吸い込み、画面へ集中した。

　レベル10のゲームは簡単なものだった。
　病院に現れた【アイツ】から逃げればいいだけのゲーム。
　ただ、【アイツ】は人間ではなく、幽霊でもない。
　ゲームそのものが人間の形となって現れたものだった。
　そのため、神出鬼没だった。
　どこから攻めてくるかわからない。

ゲーム内では、【アイツ】と一定の距離を開くことができればゲームクリアだった。
　でも……。
　これは、今のあたしには到底無理なゲームだった。
　真っ暗になった携帯電話をテーブルに戻し、あたしはゆっくりと体を起こすと、点滴の針を引き抜いた。
　さっきまでと変わらない病室内のはずなのに、どこか空気が変わった気がした。
　まるで、ここだけ別世界になったようだ。
　あたしは周囲を見まわし、そっと立ち上がる。
　足元が少しふらついたけれど、大丈夫そうだ。
　何がどこから出てくるかわからない。
　そんな恐怖から心臓がドクドクドクと、通常の何倍もの速さで動いている。
　病室の壁に背中をつけ、ひっきりなしに眼球だけ動かして周囲に変化がないか確認する。
　肌寒さを感じハーッと息を吐き出すと、真夏だというのに息が白くなっていた。
　何かが、いる。
　何かに、見られている。
　そう感じたのは背中側だった。
　壁に張りついているはずの背中から視線を感じる。
　冷や汗が頬に流れた。
　そっと体を動かし壁から離れる。
　そして、勢いに任せて体を回転させた。

「ひっ……」

　壁にはふたつの目玉があり、血走ったその目はギョロリと黒目を動かしてあたしをとらえた。

「い……やっ……」

　悲鳴さえ上げられず、あたしはその場に尻もちをついた。
　この得体の知れない者から逃げろっていうこと!?
　あたしは這いつくばるようにして病室のドアへと向かう。
　その先に、今までなかった足が突然現れたのだ。
　見たことのない男物のスニーカーにジーンズ。
　恐る恐る顔を上げ、その足の先を見上げる。
　そこには男がひとり立っていた。
　同い歳くらいの男。

「あ……あ……」

　あたしは声にならない声を必死で絞り出す。
　男の体は半分透けていて、うしろのドアが見えている。
　この人は生きてはいない。
　すぐにそう理解した。
　でも、あたしの恐怖が絶頂に達したのはそれだけが原因ではなかった。
　この男の人、あたしは知っている……!!
　中学校時代、ゲームクラブというものがあったことを思い出していた。
　簡単なゲームを自分たちで作成し、それを楽しむというクラブだ。
　ゲーム好きだったあたしはクラブには入っていなかった

けど、何度もそのクラブに出入りしていた。
　プログラミングなどという難しいことはできないので、新作ゲームをやらせてもらっていたのだ。
　その中に、この男はいた。
「石村(いしむら)……君……？」
　石村環(たまき)。
　その名前を思い出した瞬間、あたしの中で点と点が１本の線で繋がった。
　石村環はｔａｍａじゃないだろうか？
　だとしたら、ｓｅｉは？
　ゲームクラブの一員に、ｓｅｉのつく名前の人はいなかっただろうか？
　頭をフル回転させて、そしてたどりついたひとりの男。
　金利星斗(かねとしせいと)……！！
　黒ぶちメガネで背の低い同級生を思い出す。
　もしかして……リアルゲームは、ゲームクラブのメンバーが関係しているの？
　そしてあたしも、メンバーと言っていいくらいにクラブと関係していた。
「ま……さか……ゲームクラブのみんなが……【リアルゲーム】を開発した……？」
　ジリジリと近づいてくる石村君から逃げるように、あとずさりをしながら、あたしは呟く。
　すると、石村君がかすかに口角を上げて笑った。
　コキコキと首を前後左右に揺らしながら、石村君は近づ

いてくる。
「ゲームを作ったのは【アイツ】だ」
「【アイツ】って……いったい誰のこと!?」
　地面に這いつくばりながら後退していくと、窓のある壁に突き当たってしまった。
　周囲を見まわしても逃げ道がない。
「【アイツ】だよ。ほら、そこにいる」
　そう言って石村君が壁を指差す。
　そこにはさっきと同じように目玉が浮かんでいる。
　あたしはその目玉に釘づけになった。
　この目……どこかで見たことがある目だ。
　ドクドクと痛いほどに心臓が速くなる。
「あなたは……誰……？」
　あたしは目に向かってそう言った。
　すると、目は笑った。
　かすかに細められた目。
　と、その瞬間。
　壁の中から這い出てくるように、【アイツ】が姿を現したのだ。
　目から頬、頬から耳。
　徐々にその姿を見せる【アイツ】。
　嘘……。
　嘘だ……!!
　あたしは何度もかぶりを振った。
　こんなこと、あるはずがない!!

ズルズルと壁から出てきた【アイツ】は、ようやくすべての姿を現した。
　ボロボロと涙がこぼれ、その現実を受け入れられないあたし。
　だって、目の前に現れたのは、中学校時代の"あたし"だったのだから……。
「あたしが……【リアルゲーム】を作った……？」
「そのとおり」
　石村君が笑う。
　そんなこと……ありえない!!
【リアルゲーム】なんて、はじまるまで知らなかった。
　ゲームを作ったことだってない!!
「ほら、思い出してごらん。ゲームクラブに出入りしていた時のこと。君は僕らが作っていたゲームを途中でいじったんだ」
「……そんなことしてない!!」
　悲鳴に似た声を上げる。
「いいや、いじった。その時に、この【リアルゲーム】は生まれた。次から次へと感染していく最悪なゲームがね」
　そう言って、ケタケタと楽しそうな笑い声を上げる。
　中学校時代のあたしが、ゆっくりと近づいてくる。
　嘘だ……。
　あたし、ゲームをいじったりなんか……!!
　その瞬間、あたしはある場面を思い出した。

あれはゲームクラブへ遊びに行った時のこと。
体感できるゲームの試作品であたしは遊んでいた。
音楽に合わせて体を動かし、画面上に出ている敵をリズミカルに撃つゲーム。
「このゲームはまだ開発途中なんだけど、どうかな？」
山路君がそう聞いてきた。
「いいんじゃないかな？　楽しいよ！」
そう答えた時、あたしは体のバランスを崩した。
あ……っ！
と思った時には、隣のノートパソコンを巻き添えにしてこけていたんだ。
「痛たぁ……。あ、ごめん、パソコンが！」
「パソコンは大丈夫だよ、ケガはない？」
クスクス笑いながら手を差し出してくれた山路君。
でも、拾い上げたノートパソコンを見た瞬間、顔色を変えた。
一瞬にして険しい表情になり、ジッと画面を見つめる。
「ご、ごめん……」
何か不具合でも起きたのかと思い、あたしは謝った。
けれど、山路君も他のメンバーたちもその画面に釘づけになった状態で、何も言わなかった。
ただ、あたしが部室を出ようとした時に「これはすごいゲームができたぞ」と、誰かが呟いた声だけ聞こえてきた。
一瞬にしてその時の出来事を思い出し、あたしは荒い呼吸を繰り返した。

あれ以来、ゲームクラブは活動休止になった。
　その理由は誰も教えてくれず、ただクラブのメンバーはまだ陰で何かをしているという噂だけが学校に残っていた。

「まさか……あれがきっかけで……？」
　あたしは石村君を見上げる。
「そうだよ。君が引き起こした偶然が、ゲームと現実をリンクさせるゲームを誕生させたんだ……」
「あたし……そんなつもりじゃなかった!!」
　石村君と中学時代のあたしが、徐々に距離を縮めてくる。
　人が死んでしまうようなゲームを、偶然とはいえあたしが作っただなんて……!!
　涙で歪む視界の中、あたしは絶望に包まれていた。
　あたしが作ったゲーム？
　ゲームの本体はあたし……？
　次の瞬間、ふたりのうしろにココアが現れたのだ。
「ココア!?」
　あたしは目を丸くする。
　ところがココアも石村君と同じで、体が半分透けている状態だった。
　ココアは生前と同じ姿をしていたけれど、その目はあたしを睨みつけているように見えた。
「驚いた？　このゲームはゲームで死んだ者たちを吸収していくんだ。魂は生前の喜びや希望をすべて忘れ、憎しみと怒りだけになる」

石村君が言う。
「死者を吸収!?」
「そう。死者の力を借りて、ゲームは感染力をどんどん強めていくんだ」
あたしは石村君の言葉を聞きながら、和花の姿をこの目でとらえていた。
和花はまっすぐにあたしのほうへ近づいてくる。
ココアや和花だけじゃない。
火事で焼け死んだ赤ちゃん。
車にはねられた殺人鬼。
院内感染で死んだ人たち。
旅館のオーナー。
颯真お兄ちゃん。
電車の痴漢。
あたしのゲームで命を失った人たちが、全員【レベル10】に集まっていた。
今病室で生きているのは、あたしひとりだけだ……。
「だから言ったのよ、呪いのゲームだってね」
和花がそう言い、おかしそうに笑う。
あたしは歯を食いしばり、窓辺に置いてあった花瓶を床へ叩き落とした。
割れた破片を握りしめ、白い床に殴り書きをする。
誰か、どうかこのゲームを止めて。
あたしが死んでも、きっとゲームは続いていくだろう。
中学校時代のゲームクラブのメンバーの中に、【リアル

ゲーム】を管理している人間がきっといる。
　そのメンバーを突き止め、ゲームを配信している機械を破壊してほしい。
　そして、【ゲーム】が原因で亡くなった人たちの気持ちを静めなければ、このゲームは永遠に終わらない。
　中学校時代の自分と石村君が、あたしへ手を伸ばす。
　あたしは勢いよく立ち上がり、躊躇することなく病室の窓から飛び降りた。
　飛び降りている間、幼いころからの楽しい記憶が走馬灯のように駆け巡っていった。
　お父さんお母さんと一緒に旅行へ行ったこと。
　学校の遠足、運動会。
　和花と友達になって、怜央と出会った時のこと。
　その間だけは【リアルゲーム】のことなんて、思い出すことはなかった。
　楽しい思い出に少し笑みをこぼした時、地面が目の前にあった。
　消えていく自分の命を感じながら、最期に怜央の顔が見た気がしていた……。

5章

ゲームオーバー【怜央side】

 芹香のいた病室を出て1階まで下りる間、俺は芹香を担当している看護師とすれ違った。
 俺はその看護師へ軽く会釈をして、エスカレーターに乗り込んだ。
 途中で何度か止まり、人が乗ったり降りたりを繰り返しながら1階まで到着する。
 扉が開いてすぐ目の前に広がる待合室。
 たくさんのお見舞客や患者の間をすり抜けて、出入り口へと進む。
 頭の中には目を閉じている芹香の顔が浮かぶ。
 少しでも早く、目覚めますように。
 病室でも祈ったように、再びそう祈りながら病院を出た。

 空は真っ青で、その眩しさに一瞬目を細めた。
 病院を出てすぐにロータリーがある。
 俺はそのロータリーを歩かず、すぐ右に折れた。
 芹香の病室の窓から見えた、病院内の広場を思い出していた。
 そこで何かをするという目的を持っていたわけじゃないけれど、足は自然とその広場へと向かった。
 上から見下ろしていたよりもずっと広いその場所は、全面に芝生が植えられていて、キレイに手入れされた木々に

囲まれていた。
　そこから芹香の部屋を見上げてみると、窓が開いていて、その向こうに人が見えた。
　芹香のお母さんだろうか？
　さっき俺が病室を出た時、ちょうど花瓶に花を挿して戻ってきたところだった。
　ところが次の瞬間、その人物は顔をこちら側へ向けて窓から身を乗り出したのだ。
「え……？」
　その人物が芹香だと気がついたとほぼ同時に、芹香は窓から飛び降りた。
　一瞬の出来事だったが、芹香が何かに追われてそうなってしまったかのように見えた。
　でも、芹香が飛び降りたあと、病室内に人影は見えない。
　そんな光景を呆然と立ち尽くして見ていた俺は、近くにいた患者さんや看護師さんの悲鳴でハッと我に返る。
　とっさに、俺は走っていた。
　落ちてしまった芹香へ向かって……。

　助けられるわけがない。
　そんなこと、微塵も考えなかった。
　まだ間に合う。
　きっと芹香は助かる。
　そう思って走った。
　しかし近づくにつれて、それは絶望へと変わっていく。

芹香のかわいい顔が芝生に激突し、グシャッと崩れている。
　その口角はほんの少し上がっていて、まるで素敵な夢を見ながら落下したかのように見えた。
「芹……香？」
　そっか……芹香、あれから目覚めたのか……。
　もう少し、俺が病室にいれば……。
　俺はその場に膝をつく。
　顔の半分が崩れ、頭部から脳が飛び出している。
　誰がどう見たって死んでいる。
　だけど、俺は芹香の体を抱きしめていた。
　血まみれになった頬を何度もさする。
「芹香……芹香。俺だよ、やっと会えたな……」
　震える声で話しかけ、目を開けてくれと懇願する。
　だけど、芹香はいつまで待っても目を開けてくれなかった。
　駆けつけた病院のスタッフに、俺は芹香と引き離された。
「芹香!!　芹香!!」
　必死で芹香の名前を叫び、ストレッチャーで運ばれていく芹香のあとを追おうとした。
　ところが、ふたりの看護師に止められ、ハッと我に返った俺は、自分の姿をまじまじと見る。
　俺の手や服は芹香の血で汚れていて、その血はまだ温かくて、俺は自分の体を芹香の血ごと抱きしめた。
「芹香……」
　呟く声は風に流され、そして消えた……。
　看護師の肩を借りて、すぐに病院内へ戻ってきた俺は、

さっきの出来事を思い出していた。
　芹香は自分から飛び降りたわけじゃない。
　何かから逃げるために飛び降りたんだ。
　汚れた服を洗ってもらっている間、俺は特別に検査用の服を貸してもらい、待合室のイスに座っていた。
「念のため鎮静剤を持ってくるので、ここで少し待ってて下さいね」
　そう言われた声も聞こえなくて、俺は看護師がその場を離れた瞬間立ち上がっていた。
　芹香の部屋に、まだ誰かがいるかもしれない。
　芹香が飛び降りることの原因になった何かが。
　もしかしたら、もう病院の人間が片づけているかもしれない。
　でも、行かないで後悔するよりはマシだ。
　俺はエレベーターを待つのも面倒に思われ、階段を段飛ばしで走った。
　芹香の入院していた階まで一気に走ったため、心臓にギュッと締めつけられるような痛みが走った。
　俺はその痛みを振り払うように、病室へ向かう。
　ドアには、【関係者以外、立ち入り禁止】というボードが下がっていた。
　だけど、俺は構うことなくドアを開けて足を踏み入れた。
　部屋の中には誰もいなく、花瓶の破片がそこら中に散らばっているのが目に入った。
　これは俺の勝手な想像だけど、たぶん、芹香が死んだ時

のままだ。

部屋の中を、ぐるりと見まわす。

床に血文字で何かが書いてあった。

俺は、ゆっくりと窓際まで歩みを進める。

やっぱり、芹香は何者かから逃げて窓から飛び降りたんだ。

俺は血文字の前に膝をついた。

【綱張中学校　ゲームクラブ】

芹香の残した血文字は、そう読み取ることができた。

「綱張中学校……」

それは芹香が卒業した中学校の名前だった。

俺はその中学校に行ったことはないが、場所は知っていた。

そこのゲームクラブが、何か関係あるのか？

俺は忘れないように血文字をスマホにメモして、窓の外を見た。

真下に広がっている青い芝生。

だけど、芹香が落下した場所だけが、どす黒く色が変わっていた。

芝生に血がこびりついているのだ。

俺はそこから目を背け、そして病室のどこかからバイブ音が鳴っていることに気がついた。

それは芹香の持っていた携帯電話の音によく似ている。

勝手に探しては失礼だろうか？

そんなことを思いながらも、俺は音が聞こえているサイドテーブルに目をやった。

テーブルの上には真っぷたつに折られた携帯電話。

それが、確かに震えていたのだ。
　画面が突然明るくなり、【レベル10クリア失敗　ゲームオーバー】という文字が浮かび上がってきた。
「……リアル……ゲーム……」
　俺は携帯電話の画面をそっと指先で撫でる。
　次の瞬間、携帯画面はパッと暗くなった。
　俺は携帯電話から視線を外し、芹香の書いた文字に目を移す。
　芹香は、リアルゲームに殺されたんだ。
　レベル10まで行っていたのに……。
「ごめん、芹香……」
　俺が、もう少し早く助けてやっていれば。
　俺が、もう少し早く信じていてやれば。
　俺が、もう少し早く……。
　悔やんでも悔やみきれない。
　だけど、芹香は最後の望みを俺に託したんだ。
　芹香の血文字を目に焼きつける。
　これは、リアルゲームを解き明かすヒントになっているはずだ。
　俺にはやらなきゃいけないことがある……。

芹香の葬儀【怜央side】

　自殺として処理された芹香の死は、匿名(とくめい)のまま新聞に大きく載せられた。
　だけど、葬儀は特別仲のよかった友人数名と親戚だけが参加という、ささやかなものだった。
　自殺だったことを考慮してのことだと思う。
　俺は制服に身を包み、芹香の葬儀が行われている会館にいる。
　参列者のうしろのほうから、芹香の写真を見つめていた。
　お線香の香りとお経を読む声がじわじわと、これは現実なんだと俺に訴えかける。
　少し列が進んだ時、俺の横に黒い服を着た女がスッと立った。
　俺は視線だけ動かし、その女を見る。
　俺の視線に気がついたのか、女が顔を上げてこちらを見てきた。
　目が合う。
「あ……」
　俺は思わずそう声を出していた。
　芹香が入院していた時に会った、あの看護師だったのだ。
　看護師は軽く会釈をして、顔を前方へと戻した。
　なんで看護師がここに……？
　いくら芹香を担当していても、こんな少数の葬儀に出席

なんてするだろうか？
　その疑問を察したように、看護師は「私は、個人的に芹香さんに興味を持っていました」と、静かに言った。
「早く目覚めてほしい。そう思いながら入院期間中に何度も病室へ様子を見に行きました」
「……そうですか……」
　俺はなんて答えればいいのかわからず、小さな声で返事をした。
　親でもないのに、『ありがとうございます』と言うのは、何か違う気がしたから。
「ですが、目覚めた途端にこんなことになるなんて……」
　看護師はまっすぐに前を見つめ、そう言った。
　その言葉には何の感情も込められていないように感じて、俺はかすかな寒気を感じた。
　他の人とは何かが違う。
　とっさにそう感じる。
　ここに来ている人たちは、みんな芹香の死を悲しんでいる。
　でも、この看護師だけは違う。
　ゴクリと生唾を飲み込む。
「何か……入院中の芹香に変わったことはなかったですか？」
　そう聞くと、看護師はゆっくりとこちらへ顔を向けた。
　病的に白い肌。
　夏だというのに汗ひとつかいていない。
「変わったこと、ですか？」
「……はい」

「そういえば……」
　看護師はいったん言葉を切り、再び顔を列の前のほうへと向けた。
「ずいぶんとうなされていましたよ」
「うなされて……？」
「ええ。【リアルゲーム】と、呟く時もありました」
【リアルゲーム】
　その単語に、俺の心臓はドクンッと跳ねた。
　背中を冷たい汗が伝う。
「芹香は……ゲームが好きでしたから」
　俺は動揺を悟られないように、そう言った。
「そうなんですか？　【リアルゲーム】って、どんなゲームなんでしょうね」
「それ……は……」
　どう返事をしようかと考えた瞬間、芹香の体の重みをリアルに思い出した。
　まだ温かかった体。
　流れ出る血。
　崩れた顔。
「うっ……」
　あまりにリアルに思い出してしまい、俺は思わずその場にしゃがみ込んでしまった。
　グルグルと、世界がまわっているような眩暈を感じる。
「大丈夫ですか？」
　看護師はそう言いながら、俺に真っ白なハンカチを差し

出してきた。
　そのハンカチを受け取る。
　白い生地の隅に、黒い糸で《山路》と刺繍されているのが見えた。
「じゃぁ、私はこれで」
　看護師はそれだけ言うと、焼香もせずに列から外れたのだった……。

　それから……なんとか葬儀に最後まで参列した俺は、制服姿のまま、芹香の母校である綱張中学校の近くまで来ていた。
　綱張中学校は街の中央あたりに位置していて、周囲には学生向けの本屋やファミリーレストランが並んでいた。
　コンクリートの灰色の学校を見上げる。
　芹香の残したメッセージ。
　この学校に、何かがあることは確かだった。
　俺はどうやってここの先生や生徒たちから『ゲームクラブ』のことを聞き出そうかと考えながら、その校門をくぐった。
　来客用の入り口は広く、右手に職員用の下駄箱と来客用のスリッパが置いてある。
　その逆側がガラス張りの事務所になっていて、見知らぬ男子高生の来客に、事務所内の職員たちがこちらを気にしているのがわかった。
　俺は少し咳払いをして、「すみません」と小窓から声を

かけた。
　すると、すぐ近くにいたショートカットの若い女性職員が机から立ち上がり、こちらへ歩いてくる。
「はい」
「この学校にあった『ゲームクラブ』について聞きたいことがあるんですけど」
「『ゲームクラブ』？」
　女性は首をかしげ、年配の男性職員を振り向いた。
　ふた言ほど言葉を交わして、男性と代わる。
「『ゲームクラブ』は何年か前に廃部しましたよ？　結構長く続いていて、熱心なクラブだったけどね」
　白いヒゲを生やした男性職員は、昔を懐かしむように目を細める。
「どうして廃部したのか、わかりますか？」
「さぁ……。最後のほうには部員が３人ほどになって、その３人は他の生徒が参加できないほどゲームの知識があったって言っていたよ」
「その、最後の３人って名前を教えていただけませんか？」
　そう聞くと、男性職員は困ったように眉を寄せた。
　生徒の個人情報を勝手に流すことは、さすがにできないのだろう。
「じゃぁ、せめて写真だけでも……」
　写真の顔を覚えておけば、芹香の家にあるはずの卒業写真を確認すれば名前がわかる。
「写真ですかぁ……」

まだ不審そうな目で俺を見ている男性職員。
「い……妹が、その３人が新しく作ったゲームがとても好きで、ぜひ会いに行きたいと言っているんです。会えなくても見るだけでいいと」
　とっさについた嘘。
　冷や汗が背中に流れる。
「ほぅ……妹さんが？」
「そうです。今その３人はネットの無料サイトで自作ゲームを公開していて、それがすごく面白くて」
「へぇ〜ネット上でねぇ」
　余計に怪しまれただろうか？
　そんな不安が一瞬よぎったが、男性職員はいったんその場を離れ、自分のデスクに戻ってすぐに戻ってきた。
　手には１枚の写真が握られている。
「卒業した生徒たちの中で、とくに目立っていた生徒たちの写真を保管しておくのが好きなんだ」
　そう言いながら、手の中の写真を見せてくれる。
　その写真には３人の男子生徒。
　なぜか、その真ん中に芹香が写っていた。
　芹香の手にはゲームのコントローラが握られていて、とても楽しそうに笑っている。
　普段の授業で使う教室を部活動のスペースにしているのか、背景に黒板が見えた。
　その黒板には難しそうな文字が羅列(られつ)している。
「ああ、その真ん中の女の子は部員じゃなかったんだけど

ゲームがとても好きな子でね、いつもクラブに遊びに来ていたんだ」
「……知っています」
「え？」
「俺の……彼女です」

卒業アルバム【怜央side】

　芹香の写真を見て自分の彼女だと伝えると、男性職員はその写真を俺に譲ってくれた。
　1枚しかない写真をもらって大丈夫なのかと心配すると、『パソコンのデータとして残っているから気にするな』と、笑った。
　俺は写真を手に、芹香の家に向かっていた。
　葬儀は会館で行われていたため、今は人気(ひとけ)がない。
　俺はスマホを取り出して時間を確認した。
　葬儀が終わってから、2時間ほど経過している。
　もう火葬は終わり、芹香は骨になってしまっただろうか。
　そう考えると、叫びたい衝動にかられる。
　このまま帰っても、何も手につかないことはわかっていた。
　だけど、何かしていないと落ちつかない。
　まだ、芹香の死を受け入れるには早すぎた。
　もう一度、芹香の入院していた病院へ行ってみよう。
　そう考えクルリと向きを変えた時、1台のタクシーが向かってくるのが見えた。
　邪魔にならないように体を横へずらした時、そのタクシーに芹香の両親が乗っているのが見えた。
　ちょうど帰ってきたところみたいだ。
　タクシーは家の前で止まり、父親の手の中には白い遺骨(いこつ)箱(ばこ)があった。

すぐに俺の存在に気がついた芹香の両親は、軽く会釈をしてくる。
　俺も会釈を返してふたりに駆け寄る。
　まず最初に何を言ったらいいかわからず、遺骨箱に視線を移した。
「怜央君、今まで芹香と仲良くしてくれてありがとう」
　芹香のお母さんは疲れきった顔でそう言うと、無理やり笑顔を作った。
　一気に何年も年を重ねて老けてしまったように見える。
　相当ショックで疲れているんだろう。
「あの……芹香の中学時代のアルバムを見せてもらえませんか？」
「……アルバム？」
　首をかしげた芹香のお父さんと、顔を見合わせる。
「……俺、芹香との思い出は高校に入ってからしか持っていないんです。少しでも多く、芹香の思い出を作りたいんです」
　そして、とっさに嘘をつく。
「……そう。それなら、貸してあげるわ」
　すると、お母さんは少し目に涙を浮かべながら、頷いてくれたのだった。

　泣きながら芹香の卒業アルバムを渡してくれたお母さんに罪悪感を抱きつつ、俺は自分の家に戻ってきていた。
　部屋着に着替えてテーブルにアルバムを広げ、その横に

学校からもらってきた写真を置く。
　中学校時代の芹香は今よりも少し丸顔で、体育祭の時の写真は転んだのか、砂だらけになっている。
　そんな芹香の写真を見ていると、思わず頬が緩み、笑っている自分がいた。
　芹香はもうこの世にはいないのに、まるで生きているような感覚に襲われてしまった。
　この頃の芹香に会ってみたかったな。
　今よりももっと活発でヤンチャで、とにかくゲームが大好きで……。
　そんな芹香に会ってみたかった。
　最近の芹香は【リアルゲーム】に翻弄され、生活のすべてを投げ出してしまっていた。
　そうしなければ大切なものが消えていくから……。
　芹香はそこまでして俺を守ってくれたんだ。
　俺は芹香を守りきることができなかったのに……。
　俺は目の奥がジンッと熱くなるのを感じながら、芹香の写真を指先でなぞった。
　ヒヤリと冷たくて、それらは俺の心に突き刺さった。
「芹香……」
　消え入りそうな声を絞り出す。
　泣くな、俺。
　泣くにはまだ早い。
　芹香の死の原因を突き止めなければいけない。
　それまでは、泣くな、俺。

自分にそう言い聞かせ、俺はアルバムをめくった。
　そこに出てきたクラス写真に、「あ」と声が漏れた。
　写真とアルバムを交互に見比べる。
　そのクラス写真には、『ゲームクラブ』の３人の男子生徒たちが全員写っているのだ。
　俺は順番にその名前を、写真の裏に書いていった。
　右から金利星斗、石村環、そして……山路結登。
「金利星斗、石村環、山路結登」
　それぞれの名前を読み上げてみる。
　どこかで聞いたような響きだった。
　いったい、どこで聞いたんだろう？
　思い出せなくて、俺は眉間にシワを寄せたまま天井を見上げた。
　その時、視界の端にパソコンが映り込んだ。
「パソコン……」
　呟き、ハッと息をのむ。
　【リアルゲーム】のブログを書いていた人間のハンドルネームだ!!
　俺は慌ててパソコンを立ち上げる。
　待っている間がもどかしく、俺は部屋の中を行ったりきたりしていた。
　ようやく立ち上がったパソコンに飛びつき、お気に入りに入れているｓｅｉのブログを開く。
　このブログを書いたのは縄張中学校の金利星斗。
　そして、このブログの最後のほうに出てくるｔａｍａは

石村環。
　ｔａｍａのハンドルネームで調べてみると、１ページしか書かれていないブログにたどりつく。
　そこで出てくる【アイツ】という人物……。
　俺は、写真の中の山路結登に目を奪われていた。
　ここで名前が出てきていないのは、山路ひとりだけだ。
　きっと、芹香はここまでたどりついていたはずだ。
　だから俺にヒントを残した。
「山路……」
　俺はボソッと呟き、そして脱ぎ捨てた制服のポケットから、白いハンカチを取り出した。
　あの看護師が貸してくれたハンカチだ。
　ハンカチには《山路》という刺繍がある。
　これは……偶然なんかじゃない……。
　俺は、そのハンカチをグッと握りしめたのだった。

リアルゲーム感染【怜央side】

　翌日、芹香の入院していた病院を訪れることにした。
　今日は通常授業のある日だったけれど、職員会議によって俺は謹慎処分を受けている身だった。
　だから、芹香のお見舞いにも毎日通うことができていたのだ。
　それに、正直もう学校のことなどどうでもいいと思っていた。
　芹香の想いを晴らすことができるのなら、このまま退学になってもかまわない。
　俺は病院に到着して、自転車を止めた。
　あの《山路》という看護師に会って話を聞く必要がある。
　少し汗ばんでくる陽気の中、俺は病院の広場を抜けようとしていた。
　その時だった。
　広場の隅に置かれている木製のベンチに、白衣を着た女性がひとり座っているのが見えた。
　手には赤い携帯電話を持っている。
　俺は、その人に自然と引きつけられるように近づいていった。
　やっぱり。
　それがお目当ての人物だとわかると、俺は歩調を緩めた。
　すぐ目の前で立ち止まる俺の影に、山路看護師は顔を上

げた。
　太陽の眩しさに目を細め、それから「あぁ……」と、小さく言った。
　俺は無言のまま隣に座り、洗濯しておいたハンカチを差し出した。
「別にいいのに」
「借りを作りたくないので」
　そう答えると、山路さんは軽く笑って額の汗を手の甲でぬぐった。
「今日は暑いですね」
「そうね……」
「こんなところで何をしているんですか？」
　そう聞くと、山路さんは困ったように俺を見つめた。
「さっき患者さんと一緒に散歩をしていたの。そしたら、壊れたはずの携帯電話が震えはじめてね……」
　そう言って、山路さんは俺に携帯電話の画面を見せてきた。
　その画面にはリアルゲームの登録画面が出ている。
　しかも、すでにカウントダウンがはじまっているじゃないか！
「これ……どうして!?」
「わからないわ。でも、あたし……このゲームを知っているの」
「え!?」
　リアルゲームを知っている!?
　俺は驚いて山路さんを見る。

知っているとは、いったいどういうことだろう？
　以前にもやったことがあるということだろうか？
「とにかく、登録しないと……」
「うん……そうよね」
　少し青い顔をした山路さんは、しぶしぶ登録画面に記入していく。
「このゲームを知っているって、どういうことですか？」
「このゲームね、弟が作ったのよ」
「弟が……!?」
　俺はポケットに入れてきた写真を思い出す。
　山路結登。
　やっぱり、この人と繋がりがあったのか。
「そうよ。試作品をやらせてもらったことがあるわ。でも、その時はもっと楽しくてかわいいゲームだったの」
「それ、どういうことですか？」
「画面はもっと明るくて、こんな怖いカウントダウンなんてなかったわ。ただ、体を使ってゲーム上のキャラクターを操作して遊ぶ。その程度のゲームだったのよ」
　まるで、この【リアルゲーム】がどんなものがわかっているような口ぶりだ。
「でも山路さん、実際のリアルゲームをやるのは初めてなんですよね？」
「ええ、自分でやるのはね」
「どういう意味ですか？」
「あたしが体験したゲームよりも、もっと進化したゲーム

を弟が試しているのを見たことがあるの。だから……これがどんなゲームか、だいたい予想がつくのよ」
　そう言って、山路さんは登録を終わらせたのだった。
　リアルゲームは嫌でも進んでいく。
　進めなければいけない。
　今度のターゲットは山路さんだ。
　でも、山路さんはこのゲームを作った人間のお姉さん。
　ということは、ゲームは人を選ばずに感染していくということになるんじゃないだろうか。
　身内でも他人でも、関係なく広がっていくということだ。
「俺が、ゲームを手伝いますよ」
「え？」
「芹香も、このゲームで死んだんだ」
　そう言うと、山路さんは驚いたように目を丸くした。
　自分の担当していた患者が弟の作った【リアルゲーム】をやっていたなんて、しかもそれが原因で死んだなんて、考えてもいなかったのだろう。
　芹香はうなされながら【リアルゲーム】のことを口走っていたようだけれど、そんなタイトルのゲームはいくらでもある。
　山路さんが気づかなくても不思議じゃない。
「【リアルゲーム】って、これのことだったの……」
　山路さんは残念そうに呟く。
「俺はゲームの根っこを探し出し、そして根絶する。絶対に。山路さんの弟が開発者だというなら、話は早い。俺は

あなたをゲームから助ける。その代わり、弟さんに会わせてください」
　そう言うと、山路さんは無言のまま頷いたのだった。

6章

レベル1 【怜央side】

　山路さんの【リアルゲーム】がはじまったのは、その日の夕方頃だった。
　携帯電話が使えない山路さんのために、俺は1台の携帯電話を用意した。
　固定電話だけのやりとりでは、急な事態に備えることができないからだ。
　連絡手段として渡しておいたその番号が、俺のスマホに映し出された。
「もしもし？」
《もしもし？　山路です》
「どうしたんですか？」
《今、携帯電話が震えて、画面に【レベル1　プレイ】って出ているわ》
　はじまった！
　俺の心臓がドクンッと跳ねる。
「山路さん、今どこですか？」
　会話を続けながら、俺は出かける準備をする。
《今、病院を出たところ》
「すぐに行きます。動かず、そこにいてください。あと、携帯は絶対に操作しないでください」
　早口でそう言い、俺は電話を切って家を出たのだった。

山路さんは病院の裏手にいた。
　コンクリートの塀にもたれて、ゲームに支配されていないほうの携帯電話をいじっている。
　俺は息を切らして自転車から下りると、すぐに駆け寄った。
「プレイしてみてください」
「わかった」
「ゲーム、どんな内容ですか？」
「なんか迷子の女の子を助けるゲームみたい」
　そう言い、もうひとつの携帯電話を見せてくる。
　画面を覗いてみると、そこには見覚えのある地図が表示されていた。
　ここからそう遠くない商店街だ。
「迷子の女の子を交番まで送り届けたら、ゲームクリア？」
「そうみたい。ゲーム内では」
　芹香の時に比べれば、ずいぶんと簡単な内容だ。
　ゲームは人に合わせてレベルも変化するのかもしれない。
　山路さんは、あっという間にゲームをクリアした。
「うしろに乗ってください。商店街に移動しましょう」
「そうね」
　携帯画面が暗くなったのを確認してから、俺たちは移動を開始した。
　病院に通勤の車があるかと思ったが、山路さんは家からバスで通っているとのことだった。
　商店街までは、自転車にふたり乗りをして15分程度だ。
　夕方になって買い物客が増えているこの時間。

ゴチャゴチャしたアーケードの中を見て、俺は一瞬立ち止まる。
「とにかく、女の子を探しましょう。それらしい子を見つけたら携帯で連絡してください」
「一緒に探さないの？」
「これだけ人がいたら、ふた手に分かれて探したほうが早いと思います」
「そう。わかったわ」
　俺たちは別々で女の子を探すことになった。
　アーケードの中に足を踏み入れると、人々の熱気に包まれている。
　小さな子どもを連れた家族も多く、あちこちから子どもの泣き声が聞こえてくる。
　食べ物屋の露天を抜け、小さなスーパーを通り抜けて大道芸人が芸をしている横を通りすぎた時、ふいに通りが途切れ十字路に出た。
　赤信号で立ち止まる人々。
　その中に、小さな女の子がひとりで立っているのを見つけた。
　少女は6歳くらいで、赤いワンピースと赤い靴を履いている。
　自分の三つ編みをいじりながら、信号機を見上げている。
　でも、迷子には見えなかった。
　親に頼まれた買い物をしている。
　そんな雰囲気だった。

だから俺はその子から視線を外そうとしたのだが、その時だった。
　その子のうしろから細い手が伸びてきて、少女の肩を叩いた。
　驚いて振り返る少女。
　俺もつられて少女のうしろへ視線を移した。
「山路さん……？」
　山路さんが少女に話しかけている。
　しゃがみ込んで少女と同じ目線になり、何か言っている。
　気になった俺は信号が青に変わっても渡らず、ふたりの元へ歩いていった。
「山路さん、何してるんですか？」
「何って、迷子の子を見つけたわよ」
　そう言って少女の手を握る。
　迷子って……この子が？
　俺は瞬きを繰り返す。
「お母さんとはぐれちゃって、ひとりで交番に行こうと思ってたの」
　そう言って、少女は横断歩道の向こう際にある交番を指差した。
　どうやら、迷子だということは本当みたいだ。
「この子が迷子だなんてよくわかりましたね」
　感心してそう言うと、山路さんは「ただの勘よ」と言って笑ってみせた。
　その後すぐに少女を交番へ連れていくと、携帯画面には

【ゲームクリア】の文字が現れた。

　ものの数十分ほどで終わってしまったゲームに、俺は拍子抜けをしてしまいそうだった。

　芹香の時はもっと危機感があり、命の危険が常につきまとっていた。

　そのせいか、【リアルゲーム】とは、危険なゲームだと思い込んでいた。

「少し、お茶でもして帰らない？」

　商店街を抜けようとした時、山路さんがそう声をかけてきた。

「お茶……ですか？」

　正直、今、他の女性と一緒にお茶をする気分などにはなれなかった。

　しかも、自分よりずっと年上の女性となんて……。

　でも、「リアルゲームの話を聞かせてあげる」そう言われ、俺は承諾したのだった。

作りたかったもの【怜央side】

　アーケードの入り口付近にある喫茶店は、落ちついた雰囲気だった。
　こげ茶色の木目のテーブルとイス。
　天井からぶら下がっているライトはオレンジ色で、静かな音楽が流れている。
　その小さな喫茶店の一番の奥の席に俺たちは座った。
　それぞれにコーヒーを注文し、それが届くまでになんとなく重たい沈黙に包まれた。
「ゲーム、案外簡単だったね」
　沈黙を破ったのは山路さんだった。
「そうですね。でも、芹香の時はもっとひどかったです」
　俺は沈黙を破ってくれたことにホッとしながらも、険しい口調で返した。
　山路さんが悪いわけじゃないけれど、山路さんの弟が関わっていると思うと、どうしても納得できないという感情が抑えられない。
　また沈黙が訪れそうだった時、ウエイトレスがコーヒーを運んできた。
　ひきたての豆のいい香りがする。
「弟は結登っていう名前なの。結ぶに登るで、結登」
　その言葉に、コーヒーカップに触れた指先がかすかに震えた。

やっぱりあの写真の男だ。
「結登は、中学校の頃からずっと芹香ちゃんのことが好きだったわ」
「え？」
　予想していなかった言葉に思わずコーヒーをこぼしそうになり、慌ててテーブルに置いた。
「意外？　まわりの友達はみんな気がついていたみたいだけれど、芹香ちゃんは気づいていなかったみたい」
「芹香は鈍感なほうだから、気がつかないかもしれません」
　そう答えてから、自分の言葉が現在進行形になっていることに気がついて、軽く咳払いをした。
　芹香はかわいい。
　俺以外の男が芹香に心を寄せていたとしても、不思議じゃなかった。
　だけど、喜べるようなことでもなかった。
「それでね、結登は最初、芹香ちゃんの好きそうなゲームを作りたいんだって、言っていたの」
「……そうですか……」
　あいまいな返事をする俺を山路さんは気にすることなく、話を続けた。
「芹香ちゃんは、体を動かすゲームがとくにお気に入りで、いつも試作品を楽しみにしているんだって、うれしそうに言ってた」
「それが、どうしてこんなゲームに？」
「それが、あたしにもわからないところなのよ」

そう言い、山路さんは少し冷めてきたコーヒーを飲んだ。
「結登はこのゲームの試作品を作っている時はずっと楽しそうだった。ゲームの最後には芹香ちゃんのＣＧが浮かび上がるように設定して驚かせるんだって、そう言ってたのに……」
「ゲームの最後に芹香のＣＧ……？」
「そうよ。携帯ゲームでも画像が浮かび上がって見えるように、いろいろと苦戦していたわ。でも結局、ＣＧを再生する機械を使って、映像を浮かび上がらせることにしたみたい」
「ちょ、ちょっと……待って下さい」
　何かが俺の中で引っかかっている。
　なんだったっけ？
　思い出せ。
　すごく重要なことだったはずだ。
　【リアルゲーム】に関係していること。
　俺は両手で頭をかかえ、机に額を当てた。
「ちょっと、大丈夫？」
「俺は何か忘れている……」
「忘れている？」
「何か、重要なことを……」
　その時ポケットの中でスマホが鳴った。
　軽快な音楽にハッと顔を上げる。
「そうだ、ブログだ!!」
「ブログ？」

「ｔａｍａのブログです！　結登さんと同じゲームクラブだったメンバーの中に石村環って人がいたはずです！」
「え……ええ。確かにいたと思うわ。でも石村君はもう……」
「知ってます。死んだんでしょう？」
「なんで、それを知っているの？」
「その人のブログを見ました。【リアルゲーム】で失敗して、死ぬと」
　俺はスマホを取り出し、ｔａｍａのブログを検索して表示させた。
「読んでください。このブログの中には最後に【アイツ】が出てきたと書いています。山路さんの言っていたことを当てはめて考えてみると、この【アイツ】は、ＣＧで映し出される芹香のことになりませんか？」
　俺がそう言うと、山路さんはｔａｍａのブログを真剣な表情で読み進めていく。
「本当ね……。まるで芹香ちゃんが恐怖の元凶みたいなゲームになっているわ……」
「そうですよね。でも、芹香のことが好きだった結登さんはこんなゲームを作る気ではなかった。と、いうことは……どこかで何かの歯車が狂ったとしか考えられないです」
「歯車が……狂った……」
　山路さんが小さく呟く。
「そうです。たとえば、何かの拍子にプログラムが変更されていたとか。第三者の手によってプログラムを書きかえられたとか」

そう言いながら、俺はまた頭をかかえた。
　何かの拍子にプログラムが変更されてしまうことなんて、あるだろうか？
　だけど、もし何かの力が働いたとしたら……。
「山路さん、このゲームのことを……」
　『知っている人物が他にいませんか？』と続けようとした時、山路さんの携帯電話が震えた。
「あ……」
　山路さんは小さく呟き、携帯電話の画面を見る。
　俺も、覗き込むようにしてそれを見た。
【レベル２　プレイ】
　あの文字が浮かんでいる。
「次のゲーム、はじまっちゃったみたい」
「ちょうど俺もいますし、やってみて下さい」
　そう言うと、山路さんはプレイボタンを押した。

レベル2 【怜央side】

　レベル2のゲームは、老人が落とした財布を届けるゲームだった。
　やっぱり、芹香の時に比べたらずいぶんと易しいゲームだ。
「山路さん、普段ゲームはしますか？」
「あたし？　ううん。機械を使うことが苦手で、ゲームは結登の作った試作品くらいしかやらないの」
　やっぱり……。
　そうじゃないかと思っていた。
　芹香は新作ゲームをほとんど経験し、かなりのゲーム好きだった。
　だから、【リアルゲーム】のレベルも高かったんじゃないだろうか。
　このゲームは感染する人間を選ぶ。
　そして、ゲームのレベルもゲームが選んでいる。
　でも、わからないことがあった。
　どうしてゲーム管理者の身内である山路さんにゲームが感染してしまったのかというところだ。
　山路さんにゲームが感染したという部分を見て、ゲームは人を選ばないと思っていた。
　それはやっぱり違うのだろうか？
　レベル2の地図を見ると、ここから少し離れた場所にある住宅街らしかった。

「まだ外は明るい。行きましょう」
「えぇ」
　コーヒーを残したまま、俺たちは喫茶店を出た。

　外へ出ると、空はほんのりとオレンジ色になってきていた。
　来た時と同様に自転車にまたがり、ふたり乗りをして走る。
　山路さんの体重は軽く、本当にうしろに乗っているのかと時折不安になり、振り向いて確認をした。
　すると山路さんは、たいてい不思議そうな顔をしてこちらを見ていた。
　芹香以外の女性を自転車のうしろに乗せるなんて、考えたこともなかった。
　でも、今はこうしてふたりで行動していることで、気がラクになっていることも、事実だった。
　そうこう考えているうちに住宅街が見えてきて、俺は公園の入り口に自転車を止めた。
「ゲームの地図はこの辺でしたよね？」
「そうね。たぶん、合っていると思うんだけれど」
　すでに真っ暗になっている携帯画面を、少し不安げに見つめる山路さん。
　俺は頭の中の地図が消えてしまわないうちに、歩きはじめた。

　入り組んだ住宅街を歩いていると、方向感覚が失われてくる。

俺は時々、駅にある背の高い建物を確認して方角を再確認した。
「あっ」
　そう言って山路さんが立ち止まったのは、ポストの立っている歩道だった。
「どうしたんですか？」
　駆け寄ってみると、ポストの近くに黒い革の財布が落ちているのが見えた。
「これ、かしら？」
　山路さんが財布を拾い、首をかしげる。
「たぶんそうでしょう。すぐに落とし主を探しましょう」
「待って。これ、交番じゃダメなの？」
「普通は交番でも大丈夫ですけど、今はゲーム中です。ゲームに忠実に動かないと、ゲームクリアはできません」
「……そうなんだ……」
「行きましょう。落とし主はきっと困っています」
　そして、俺たちはまた住宅街を歩きはじめたのだった。

　街が完全にオレンジ色に染まってきた頃、俺たちはやっと財布を探している老人を見つけることができた。
　白髪の老人は財布を落としたことに気がつき、来た道を戻っていたらしい。
　でも、ポストの横にある財布には気がつかず、そのまま通りすぎてしまったのだそうだ。
　山路さんが老人に財布を渡すと、すぐに携帯電話が震えた。

【ゲームクリア】

　その文字を見て、俺たちはホッとしてほほえみ合ったのだった。

推理【怜央side】

　レベル２をクリアした俺は、山路さんを家へ送る途中だった。
「【リアルゲーム】のこと、少しは何かわかってきた？」
「そうですね。山路さんのおかげで、だいたいの形は掴めてきました」
　自転車をこぎながら、そう答える。
「へぇ、そうなの」
「はい。それで、まだ聞きたいことがあるんです」
「何？　なんでも言って？」
「【リアルゲーム】の存在を知っている人間は、何人くらいいたんですか？」
　そう聞くと山路さんは少しの間黙り、それから「４人かしら？」と、答えた。
「ゲームクラブのメンバー３人と、もうひとりは山路さんのことですか？」
「えぇ、そうよ。あの子たち、ある時から学校のクラブとしてゲームを作ることをやめて、ずっとうちの家でゲームをやっていたわ」
「そうか……だから学校内のクラブは解散してしまったんですね」
「ねぇ、それって何か重要な手がかりになるの？」
「もちろんです。【リアルゲーム】の存在を知っていたのは、

ゲームクラブの３人と、山路さんの４人。その中で【リアルゲーム】を凶悪なものに変えることができたのは……金利星斗です」
　俺がそう言うと、山路さんは驚いたように小さな悲鳴を上げた。
「金利君が……どうして!?」
「簡単ですよ。山路さんの弟の結登さんは芹香のことが好きで、芹香の楽しむゲームを作っていただけだった。石村環は【リアルゲーム】の被害者で死んでしまっている。そう考えると、残るのは金利星斗だけなんです。現に、金利星斗だけ【リアルゲーム】で生き残っている。それは、【リアルゲーム】を自分で開発したからです」
「金利君だけゲームの攻略方法を知っていたってことね」
　俺は大きく頷いた。
「もしくは、自分の時だけレベルを低く設定していた。そして自分も被害者なのだとブログでアピールし、加害者の枠から外れようとした」
「それなら、納得がいくわ」
「そうでしょう？　俺はこれから金利星斗に会いに行きます。【リアルゲーム】を根絶するために」
　そう言って、俺は指定された家の前で自転車を止めた。
「金利君の住所はわかるの？」
「はい。芹香の卒業アルバムを借りているので、それを見ればわかります」
「待って。それならうちにも同じアルバムがあるわ。いっ

たん帰って確認するよりも、今確認したほうが早いわ」
　山路さんはそう言って俺に家に入るように促した。
　ここまで【リアルゲーム】の全貌が見えてきたのは、山路さんの協力のおかげだった。
　俺は自転車を邪魔にならない場所に置き、そしてその家に足を踏み入れたんだ……。

山路結登の部屋【怜央side】

　玄関に入ると芳香剤の香りが鼻をくすぐった。
　少し強めの芳香剤みたいだ。
「どうぞ、上がって」
　そう勧められ、俺は軽く会釈をして家に上がった。
　芳香剤の匂いは玄関だけでなく、家中に広まっている。
　さすがにこの香りはきついな。
　そう思い、軽く顔をしかめる。
「結登の部屋はこっちよ」
　山路さんは、ギシギシときしむ急な階段を上っていく。
　古い作りの家で、階段の上には赤色の電球がぶら下がっている。
　歩くたびにきしむ床に気を取られていると、芳香剤の匂いがさらにきつくなっていることに気がつかなかった。
　階段を上がりきると、窓のない、薄暗く狭い廊下が延びている。
「匂い……すごいですね」
　ここへ来て芳香剤の匂いに気がつき、思わずそう言っていた。
「芳香剤の匂い？　あたしこの匂いとても好きなの」
　そう言って、ニコニコとほほえむ山路さん。
「そう……ですか」
　甘い匂いや爽やかな匂いが入り混じり、かすかに吐き気

が込み上げてくる。

　アルバムで住所を確認したらすぐにこの家を出よう。

　そう思い、山路さんのあとに続く。

　２階の一番奥のドアの前で立ち止まり、「ここが結登の部屋よ」と、そのドアを開けてくれた。

「すみません。それじゃぁ失礼します」

　そう言って部屋へ１歩入った瞬間、背中を押されて俺は前のめりに倒れてしまった。

　床に手をつき「何、するんですか」と、振り返る。

　すると山路さんは無言のまま部屋に入り、そしてカギをかけた。

　俺はその動作を疑問に感じながらも、芳香剤の匂いに顔をしかめる。

　どうやら、この部屋からたくさんの香りが放出されているようだ。

　むせるような香りの中、俺は起き上がってカーテンが引いてある窓へと手を伸ばす。

　しかし、その手を山路さんが阻止した。

「山路……さん？」

　何か普通の雰囲気でないものを感じて、俺はその手をさらに伸ばすことができなかった。

　山路さんはニコニコと笑顔を浮かべたまま、この部屋のカギを揺らしてみせた。

　次の瞬間。

　山路さんはその小さなカギを口に含み、飲み込んでし

まったのだ。
　突然の出来事にあ然とする俺。
「何……してるんですか……？」
　恐怖より何より、その異様な光景に思考回路は停止してしまっていた。
　山路さんはカーテンを少しだけ開けて、その窓には格子戸がはめられていることを俺に見せてきた。
「どういうことなんですか……!?」
　ようやく、この部屋から出られないということを理解した俺は、思わずあとずさりをしていた。
　薄暗い部屋の中、あるのはパソコンとベッドだけ。
　それに、どこからか匂ってくる芳香剤のキツイ香り。
　狂ってしまいそうな環境であることに間違いはなかった。
　しかし、山路さんはクスクスと声を立てて笑うばかりで、その笑顔も今はもう異質なものとしてしか見れなくなっていた。
「何がしたいんですか!?　目的は!?」
　そう言いながら俺はさらにあとずさりし、背中にクローゼットが当たった。
　その瞬間。
　甘い香りが一気に強くなり、俺は思わず「うっ……」とうめいて、口元に手を当てた。
　この匂い……クローゼットの中から？
　ゾッとするような恐怖が背中を這い上がってくる。
　見てはいけない何かが、この中にある。

暗く狭いこの中に……。
　俺はクローゼットのノブに手をかけ、一気にその扉を開いた。
　低い音を立て左右に開くドア。
　そして"それ"が見えた瞬間、俺は思わず悲鳴を上げていた。
　大量の芳香剤。
　その中心に横たわっている半分腐敗した男の死体。
　死体の顔にはたくさんのウジがわき、口や耳から出入りしている。
　ドロリとした皮膚が流れ落ち、床にシミを作っていた。
「うっ……」
　視線をそらし、ベッドの上に大量に吐く。
　これは……この男は……。
「これが、あたしの弟よ」
　山路さんが、楽しそうにそう言った。

真犯人【怜央side】

「どういう……ことですか……」
　立っているのがやっとの状態で、俺は山路さんを見た。
「これ？　これはねぇ……」
　その言葉をさえぎるように、山路さんの携帯電話が震えた。
　山路さんは携帯電話を取り出して、俺に画面を見せてくる。
【リアルゲーム３　プレイ】
「あっ……」
　こんな時に……！
　次の瞬間、山路さんが信じられない言葉を口にした。
「リアルゲーム終了。暗証番号４４２５」
　そして携帯画面を俺に見せる。
【リアルゲーム　終了します】
「音声認識システムなの。管理者の音声と暗証番号でリアルゲームは自在に終了できる」
　音声認識システム……。
　管理者の声と暗証番号……。
　山路さんの言葉がグルグルと頭の中を巡る。
　信じられなかった。
　でも……。
　【リアルゲーム】の存在は、確かに山路さんもできた時から知っていた。
　そして【リアルゲーム】で死んでいないのは、金利星斗

だけではなく、山路さんもだった。
　自分の推理にすべて当てはまっている。
「まさか……そんなこと……」
「まだ、信じられないの？」
　そう言って、山路さんはおかしそうに笑う。
「ゲームは……しないって……」
「しないわよ？　でも、ゲームを見ていたら、さらには弟がふたりに内緒で攻略法を突き止めたから、これは利用できそうって思っちゃったのよ」
「利用……？」
「そう。この史上最悪なゲームが全国に散らばれば、この国は混乱状態に陥る。そんな時、人はいったい何を求めるかしら？」
　山路さんは、部屋の中を楽しげにクルクルと歩きながらそう言った。
　混乱状態の中、求めるもの。
「……秩序……」
「違うわよ！」
　山路さんはドンッと壁を叩いて叫んだ。
「ゲームの攻略方法よ」
「あ……」
「どうやったらこのゲームが終わるのか、死なずにすむのか。それを探し出す」
　山路さんは興奮気味にそう言い、そして俺に近づいてきた。
「お金になるってことよ」

「……それだけの……ため？」
「お金があれば、なんだってできるじゃないの。人の命だって自在に操れるわ。だけど、うちの弟はその話に賛同しなかった。『俺は金もうけに興味がない。プレイするだけでいいんだ。それに、お前なんかに、このゲームを横取りされてたまるか』って言うのよ。しかも、姉に向かって」
　そう言って、山路さんはクローゼットの中の肉塊を指差した。
「だから……殺した？」
「直接殺してはないわよ？　結登は攻略法が変更されたリアルゲームを試してプレイして……勝手に死んだの」
　なんてことを……!!
「金利君に石村君。彼らにも試してもらったわ。結登がゲームの内容を少し変えたと言ってね。金利君には攻略を作って渡して、石村君には渡さなかった。攻略方法がある時とない時で、どれだけ差が出るか試したかったから。結果は大成功よ。金利君は生き残って、石村君は死んだ。あたしの考えどおりなんだから！」
　まくしたてるようにそう言い、ピョンピョンと飛び跳ねる山路さん。
　その様子に、ふつふつと怒りが湧いてくるのがわかった。
「芹香は……芹香の時はどうなんだよ!!」
「あなたの大好きな芹香ちゃん？　あの子の時もお試しだったわ？　【リアルゲーム】は完成した。あとはこれを、あらゆる携帯電話に感染させていくだけだった。だからあた

しは最初に、結登の携帯電話に入っているアドレスを使うことにした」
「芹香のアドレスを選んだのか!?」
「それは違うわ。アドレスはプログラムがランダムに選んでいるんですもの。芹香ちゃんがターゲットになったのはただの偶然。そんなに恨まないで？　それに、なんでこんなに恐ろしいゲームになったのかは、私も本当に知らないのよ？」
　そう言って俺の頰を指でつつく。
　俺はその手を振り払った。
　こんなことしておいて、なんで笑っていられるんだ？
　直接手は下していなくても、殺人だぞ！
　俺はクッと奥歯を嚙みしめて、山路さんの顔面を殴りつけた。
　殴った拍子に山路さんの華奢な体は吹き飛び、壁にぶつかった。
　肩で息をしながら山路さんを睨みつける。
　これですべての謎が解けた。
　山路さんは【リアルゲーム】のことを嗅ぎまわっている俺を信用させ、そして俺に近づくために自分自身の携帯電話に【リアルゲーム】を感染させたのだ。
　管理者なら、感染されてもどうってことはない。
　さっきみたいに、ゲームを終了させる手段を知っているから。
　俺はまんまと騙されて、ここへ来た。

山路さんは、最初から俺を殺すつもりだったのかもしれない。
　だけど、そうはさせない。
「俺はリアルゲームを根絶する」
　芹香のために。
　【リアルゲーム】の被害者全員のためにも。
　こんなくだらない遊び、消してやる。
　俺はパソコンデスクのイスを両手で持ち上げた。
「やめて!!」
　山路さんが叫ぶ。
　その声を無視し、俺はイスをパソコン本体へと振り下ろしたのだった……。

破壊【怜央side】

　グシャッと音がして、柔らかな感触に俺はイスを持つ手の力を抜いた。
　ドンッと音を立てて床に落ちるイス。
　その向こうから、頭の潰れた山路さんの姿が見えた。
「嘘……だろ……」
「……ゲームは……あたしが死んでも……続いていく……なぜなら……」
　パソコンの本体をかばった山路さんが、消え入りそうな声でそう言い、口角を上げて笑った。
　そしてダラリと力をなくし、そのまま絶命してしまった。
　ここまでして守りたいゲームかよ。
　自分が死んだら、いくら金が入ったって意味ないじゃねぇーか……。
　最後まで金に取りつかれた女の死体を横へとずらし、俺はパソコン本体のネジを緩め、その蓋を開けた。
　この中に【リアルゲーム】がある。
「芹香。約束は果たしたぞ」
　そう呟き、俺はパソコンをショートさせたのだった……。

　山路さんの死体の腹をハサミで裂き、胃袋からカギを取り出した俺はやっと帰路へとついていた。
　自転車を押しながら、ゆっくりと遠ざかっていく山路家

を思う。
　何カ月も前から、クローゼットに押し込められていた結登。
　金に目がくらみ、苦手な機械を必死で勉強して管理者の座を奪い取った山路さん。
　そして、そのゲームの被害にあった芹香……。
　そのすべてがまるで夢のようで、あっという間にすぎていった。
　朝起きて学校へ行くと、元気な芹香の笑顔が見れるんじゃないか。
　そんな気さえしてくる。
　でも……。
　これは現実だった。
　芹香は、もういない……。
　俺は路上で立ち止まり、ずっと耐えていた涙を流した。
「……なんで……芹香なんだよ……」
　山路結登の携帯電話から、ランダムで選ばれたのが他の人間だったら。
　ほんの少しのタイミングでルーレットがずれていたら、芹香は今でも、俺の隣で……。
「ねぇ、この新作ゲームやった？」
　ふいに、芹香の笑顔が浮かんできた。
　ニコニコとほほえみながら、手にはゲームを持っている。
「……いや……まだだけど……」
「えぇ？　すっごく面白いんだから、怜央もやってみなよ！」
「そ……か……」

「うん！　ねぇ、怜央」
「え？」
「ありがとう。ゲームクリア！　だね!!」
　芹香はそう言い、大きく両手を振ると俺の前から消えていった……。

感染【怜央side】

『……ゲームは……あたしが死んでも……続いていく……なぜなら……』
　遠くの街で、電車を待っている女子高生たちがいる。
「ねぇ、昨日、あたし携帯壊れちゃってぇ」
「えぇ？　そうなの？」
「だからメールの返事なかったんだ？」
「そうなの。でもね、なんかヘンなんだよね」
「ヘンって何が？」
「ダウンロードしたことのないゲームが急にはじまっちゃって、それが【リアルゲーム】っていう怖そうなゲームでさぁ……」
『ゲームはあたしが死んでも続いていく。なぜなら……【リアルゲーム】をプレイした人間が登録しているアドレスをゲームが記憶し、次のターゲットを決めているから。そして、リアルゲームで死んだ者たちを吸収していくから。死んだ者たちの気持ちが静まらない限り、ゲームは永遠に終わらない』
　女の死をもってゲームの管理者がいなくなった今、今ここに【リアルゲーム】は本当に完成したのだ。
　死者を次々に取り込んでいく史上最悪のゲームは、携帯世代を中心に広がっていった。
　ネット配信されている【リアルゲーム】の攻略方法は瞬

く間に売れていき、その金はすべて、病床の山路美香……女の娘のために作られた口座へと入っていく。
　だが、俺はまだその事実を知らなかった……。

　山路さん殺害のために少年院に入っていて、今日は仮出所の日だ。
　ギッとかすかに音がして、少年院の灰色の門が開く。
　俺は深呼吸をして門の外へと足を踏み出した。
　重たい雨雲が空を覆っていて、今にも雨が降り出しそうだった。
　そのせいか、外へ出られたというのに、俺の胸には不安が広がっていく。
　嫌な予感を抱えたまま、少年院が建っている丘の上から下りてくると、すぐに女性の悲鳴が聞こえてきて俺は立ち止まった。
　ひとりの女性が、刃物を持った男から逃げているのが目に入る。
「なっ……」
　とっさのことで動けずにいると、今度はうしろから男の悲鳴が響き渡る。
　悲鳴を上げた男は地面に倒れていて、その男の前には鉄パイプを振り上げた女が迫ってきている。
「嘘だろ……」
　俺は周囲を見まわし愕然とした。
　街の人々が、手に携帯電話を握りしめたまま逃げ惑って

いるのだ。
　パトカーや救急車の音が絶えず聞こえている。
「助けて！」
　さっきの女性が俺に向かって助けを求める。
　しかし、女性は男に追いつかれしまい、そのまま前のめりに倒れ込んだ。
　背中にはナイフが深々と突き刺さり、滲み出た血が地面に広がっていく。
　そんな中、俺は女性が持っていた携帯電話の画面に釘づけにないっていた。
「嘘だろ……終わったんじゃないのかよ……!?」
【ゲームオーバー】
　その文字は、俺を見て笑っていた。

END

あとがき

　はじめましての方も、お久しぶりです！の方も、皆様こんにちは、西羽咲花月です。

　この度は、『リアルゲーム～恐怖は終わらない～』を手に取っていただき、本当にありがとうございます！

　デビュー作品は恋愛小説でしたが、一番書きたい、読んでもらいたい作品はホラーでした。
　ケータイ小説サイト「野いちご」から書籍化される作品ジャンルにブラックレーベルが加わると発表された時は、とても嬉しくて、すぐにホラーを何作品か書き始めました。
　そのひとつが、この『リアルゲーム～恐怖は終わらない～』でした。

　この作品を書き始める前、携帯電話を使ったホラー小説でどんなものが書けるだろうかと悩んでいました。
　そんな時、アドバイスをしてくれたのは、友人のまじかるさんでした。
　勉強ができて読書家だったあの子なら、どんな小説を読みたいだろう？
　そう思って聞いてみたところ、「今まで読んだことのない、あっと驚く展開の小説が読みたい」と言われ、その言

葉に背中を押され、この『リアルゲーム〜恐怖は終わらない〜』を完成させることができました。

　この作品は、「野いちごグランプリ2014」で１次審査を通過させていただき、その頃から本当にたくさんの方々に支えられて出来上がってまいりました。
　こうして本というひとつの形にしていただき、ホラー作家になりたいという昔からの夢まで叶えていただき、本当に感謝しています。
　これからも、自分の既刊作品に負けない作品をどんどん書いて、もっともっと成長していきたいと思います。

　最後に、スターツ出版の皆様、バイト先のジョウジさん、メグさん、まじかるさん、家族と友人のみんな！　大好きです！

　本当にありがとうございました！

2015.2.25　西羽咲花月

この物語はフィクションです。
実在の人物、団体等とは一切関係がありません。

西羽咲花月先生への
ファンレターのあて先

〒104-0031
東京都中央区京橋1-3-1
八重洲口大栄ビル7F

スターツ出版(株)書籍編集部 気付
西羽咲花月先生

リアルゲーム ～恐怖は終わらない～

2015年2月25日 初版第1刷発行
2015年11月8日 第2刷発行

著　者	西羽咲花月

©Katsuki Nishiwazaki 2015

発行人	松島滋
デザイン	黒門ビリー＆フラミンゴスタジオ
ＤＴＰ	株式会社エストール
編　集	篠原康子
	酒井久美子
発行所	スターツ出版株式会社

　　　　〒104-0031 東京都中央区京橋1-3-1　八重洲口大栄ビル7F
　　　　ＴＥＬ 販売部03-6202-0386（ご注文等に関するお問い合わせ）
　　　　http://starts-pub.jp/

印刷所	共同印刷株式会社

Printed in Japan

乱丁・落丁などの不良品はお取替えいたします。上記販売部までお問い合わせください。
本書を無断で複写することは、著作権法により禁じられています。
定価はカバーに記載されています。

ISBN 978-4-88381-938-6　C0193

ケータイ小説文庫 2015年2月発売

『幼なじみと、ちょー接近中!?』 リィ・著

高2の光里は、天然・童顔でドジな女の子。ある日、母親に呼び出されて家に帰ると、そこには6歳の頃引っ越してしまった幼なじみの依知が。なんと、ある理由で光里の家で一緒に暮らすというからビックリ！ 学校ではモテモテで近づけない依知との同居生活は、ハラハラドキドキが止まらない!?
ISBN978-4-88381-937-9
定価:本体570円+税

ピンクレーベル

『無愛想な彼に胸キュン中』 あのあ・著

高2の澪は強がりな女の子。ある日、些細なきっかけで同じクラスの無愛想イケメン・流と口ゲンカになった末、弱みを握られてしまう。それをダシに脅され、抵抗できない澪。しかし、流の傷ついた顔やたまに見せる優しさを知るたびに、ドキドキしてきて…!? 無愛想男子の甘い素顔に胸キュン！
ISBN978-4-88381-940-9
定価:本体540円+税

ピンクレーベル

『体育館 12:25』 Haine Mika(ハイネ ミカ)・著

高2の亜希は昼休みに、体育館でバスケをしている憧れの佐伯先輩を見るのが日課。ある日、亜希はケータイを体育館のギャラリーに落としてしまう。それをきっかけに、佐伯先輩と少しずつ仲良くなるが、予想だにしない波乱が亜希を待ち受けていて……？ 切ない青春ラブストーリー！！
ISBN978-4-88381-939-3
定価:本体580円+税

ブルーレーベル

『好きなんて、キミを想うほど』 野々原 苺(ののはら いちご)・著

高校で吹奏楽部に入ったシオは、同じサックスパートで不思議な魅力を持つ男子・ソウちゃんに出会う。誰よりも努力家で楽器もうまいソウちゃんに惹かれながら、全国大会出場を目指して練習に励むシオ。そんな中、ソウちゃんがよく窓から外を眺めている理由を知って…。切なすぎる部活内ラブ。
ISBN978-4-88381-941-6
定価:本体530円+税

ブルーレーベル

ケータイ小説文庫　好評の既刊

『爆走 LOVE ★ BOY』　西羽咲花月・著

かわいいけどおバカな亜美は受験に失敗し、全国的に有名な超不良高校へ。女に飢えたヤンキーたちに狙われるキケンな日々の中、亜美は別の高校に通う彼氏・雅紀が見知らぬ女といるところを目撃し別れを告げる。その後、高3の生徒会長・樹先輩と付き合うが、彼には"裏の番長"という別の顔が!?

ISBN978-4-88381-758-0
定価：本体540円＋税

ピンクレーベル

『子持ちな総長様に恋をしました。』　Hoku*・著

人を信じられず、誰にも心を開かない孤独な美少女・冷夏は高校1年生。ある晩、予期せぬ出来事で、幼い子供を連れた見知らぬイケメンと出会う。のちに、彼こそが同じ高校の2年生にして、全国No.1暴走族「龍皇」の総長・秋と知る冷夏。そして冷夏は「龍皇」の姫として迎え入れられるのだが…。

ISBN978-4-88381-910-2
定価：本体530円＋税

ピンクレーベル

『天国までの49日間』　櫻井千姫・著

14歳の安音はいじめを苦に飛び降り自殺するが、死んだ直後に天使が現れ、天国に行くか地獄に行くか、49日の間に自分で決めるように言われてしまう。幽霊となった安音は、霊感の強い同級生・洋人と過ごすうちに、自分の本当の想いに気づき…。第5回日本ケータイ小説大賞受賞、涙の超感動作！

ISBN978-4-88381-931-7
定価：本体580円＋税

ブルーレーベル

『純恋―スミレ―』　なぁな・著

高2の純恋は強がりで、弱さを人に見せることができない女の子。5年前、交通事故で自分をかばってくれた男性が亡くなってしまったことから、罪の意識を感じながら生きていた。ある日純恋は、優輝という少年に出会って恋に落ちる。けれど優輝は、亡くなった男性の弟だった……。

ISBN978-4-88381-926-3
定価：本体550円＋税

ブルーレーベル

ケータイ小説文庫　大人気のブラックレーベル

『カラダ探し(上)』　ウェルザード・著

「ねえ、明日香……私のカラダを探して」学校にまつわる赤い人の怪談。明日香達は、夜の学校で友人の遥のバラバラにされたカラダ探しをすることに。カラダをすべて探さないと赤い人に殺され続ける。赤い人の正体は？　遥はなぜカラダ探しを頼むの？　激ヤバケータイ小説第一弾！

ISBN978-4-88381-755-9
定価：本体560円＋税

ブラックレーベル

『カラダ探し(下)』　ウェルザード・著

夜の学校で、友人の遥のバラバラにされたカラダを探し続ける明日香達。カラダ探しの謎を知る八代先生、狂気にとまどう仲間達、赤い人の正体、徐々に明かされていく赤い人の謎には悲しい話が秘められていた！　明日香達を襲う衝撃の結末が待っている！　激ヤバケータイ小説第一弾！

ISBN978-4-88381-765-8
定価：本体580円＋税

ブラックレーベル

『カラダ探し～第二夜～(上)』　ウェルザード・著

"赤い人を見たらふりかえるな"学校にまつわる赤い人の噂。「バラバラにされたカラダを探して」と明日香に頼まれた美雪達は、高広の最愛の人を助けるために、夜の学校でカラダを探す。呪いを解くべく、赤い人が住んでいた家に足を踏み入れると!?　『カラダ探し』待望の第二弾！

ISBN978-4-88381-806-8
定価：本体570円＋税

ブラックレーベル

『カラダ探し～第二夜～(下)』　ウェルザード・著

"赤い人を見たらふりかえるな"学校にまつわる赤い人の噂。呪いを解くべく、赤い人が住んでいた家に足を踏み入れた美雪達が目にした幻には、悲しい真実が隠されていた。さらに、変化する「昨日」で美雪達は大切な人を失い絶望する。ヒビ割れた世界で呪いは解けるのか!?

ISBN978-4-88381-816-7
定価：本体560円＋税

ブラックレーベル

ケータイ小説文庫 大人気のブラックレーベル

『カラダ探し～第三夜～(上)』 ウェルザード・著

「あなた、死ぬわ」。謎の転校生、美紗に死を告げられた留美子は、夜の校舎で、赤い人のカラダ探しをするはめに。すべて揃えれば「元の世界」に戻ることができるが、失敗すれば死が待っている。友人の死か、呪いを解くか…留美子が取った選択肢は？ 超人気作『カラダ探し』待望の第三弾！

ISBN978-4-88381-876-1
定価:本体 570 円+税

ブラックレーベル

『カラダ探し～第三夜～(下)』 ウェルザード・著

ひび割れた世界の中で、美子のカラダを探し続ける留美子達。謎の少女、美紗の願い通りにカラダをすべてそろえれば、呪いは解かれるが、そうすれば元の世界に存在しない友人が抹消されるという結果に留美子は苦しむ…最終的に留美子が選んだ選択肢は？ 超人気作『カラダ探し』待望の第三弾！

ISBN978-4-88381-887-7
定価:本体 570 円+税

ブラックレーベル

『カラダ探し～最終夜～上』 ウェルザード・著

美雪が棺桶に入って数日。明日香の前に、級友の幸恵が「カラダを探して」と現れる。他のメンバーと共に夜の校舎でカラダを探すことになった明日香。赤い人の呪いを探るべく廃墟となった小野山家に足を踏み入れる。呪いの真実が明らかになっていく中、"黒くて怖い人"が現れて…。

ISBN978-4-88381-916-4
定価:本体 570 円+税

ブラックレーベル

『カラダ探し～最終夜~下』 ウェルザード・著

幸恵に頼まれた「カラダ探し」で同じ日を繰り返す中、明日香は赤い人の呪いを解くために奔走する。謎の黒い人、遥の思惑が渦巻く最後の「カラダ探し」。美雪が目覚めた日、すべてを終らせるために命を燃やした少女達の、もう一つの「カラダ探し」が衝撃の結末を迎える。超人気シリーズ完結編！

ISBN978-4-88381-928-7
定価:本体 560 円+税

ブラックレーベル

ケータイ小説文庫　2015年3月発売

『田中のくせに!』 *ゆきな*・著

親の都合で居候することになった17歳のまどか。同居相手は、何事も平均点、普通男子のクラスメイトの田中だった！　ナンパやチャラ男から守ってくれる意外な素顔にふれ、ドキドキするまどか。女子の間でも結構モテるという噂を聞いて、急に意識しはじめて…。文庫でしか読めない番外編つき！
ISBN978-4-88381-948-5
予価:本体500円+税

ピンクレーベル

『地味系男子の意外な素顔』 happines（ハピネス）・著

高2の真央のクラスメイト・海斗は、前髪とメガネとマスクで素顔をひた隠す地味男。でも、ひそかにスタイルは良く、髪もサラサラでイケメンボイス。そんな海斗に興味津々の真央は、ひょんなことからその素顔を見てしまい急接近。実は俺様でドSな海斗に、真央のドキドキは高まるばかりで…!?
ISBN978-4-88381-950-8
予価:本体500円+税

ピンクレーベル

『君の明日に、』 elu・著

高3の綾は、成績優秀で生活態度も真面目な優等生。ある日、難病にかかっていることが発覚し、生きる目標を失くした綾は自暴自棄な毎日を送るようになる。ただ、そんな中でもひとつ年下の彼氏・光太のことが気がかりだった。死を覚悟した綾が光太にできることは…？　ふたりの恋の結末に号泣！
ISBN978-4-88381-952-2
予価:本体500円+税

ブルーレーベル

『444』 いぬじゅん・著

中3の春、東京から田舎の中学に転校してきた桜は、クラスで無視され、イジメを受ける。そんな中、以前イジメを苦に自殺した守という生徒の一周忌に参列したとき、桜は守の母親から「444には気を付けて」と不気味な話を聞く。やがて、次々に死んでいくクラスメイトや教師…。呪いの震撼ホラー！
ISBN978-4-88381-951-5
予価:本体500円+税

ブラックレーベル

書店店頭にご希望の本がない場合は、
書店にてご注文いただけます。